작은 씨앗을 심는 사람들

작은 씨앗을 심는 사람들
Seedfolks

폴 플라이쉬만 지음
김희정 옮김

청어람미디어

나의 아버지와 어머니에게

SEEDFOLKS
by Paul Fleischman

Copyright ⓒ 1997 by Paul Fleischman
Illustration copyright ⓒ 1997 by Judy Pedersen

Korean language edition is published by arrangement
with The Maggie Noach Literary Agency, UK
and Shin Won Agency Co., Korea

Translation copyright ⓒ 2001 by Chung A Ram Media

이 책의 한국어판 저작권은 신원 에이전시를 통한
The Maggie Noach Literary Agency와의 독점 계약으로
청어람미디어에 있습니다.
저작권법에 의해 한국 내에서 보호를 받는 저작물이므로
무단 전재와 무단 복제를 금합니다.

차례

킴의 강낭콩 · 9

아나의 창가 · 19

웬델의 어떤 주말 · 29

곤잘로와 할아버지 · 39

레오나의 색소폰 · 51

늙은 어부 샘의 독백 · 65

버질의 기도 · 79

세영의 정원 · 99

커티스의 빨간 신호등 · 111

노라와 초록빛 보석 · 127

마리셀라의 열 여섯 번째 여름 · 143

아미르의 축제 · 159

플로렌스의 봄 · 175

옮긴이의 글 · 189

킴의 강낭콩

KIM

우리 집에 모셔 놓은 작은 제단 위에는 아빠의 사진이 놓여 있어요. 전날은 아빠가 돌아가신 지 9년째 되는 날이었어요. 식구들은 하루 종일 음식 준비로 분주했고 오랜만에 친척들도 찾아오셔서 난 신이 났죠. 맛난 것들을 실컷 먹고 뛰어 놀다가 잠이 들었는데 한밤중에 엄마의 울음소리가 들려왔어요. 잠에서 깨어나 가만히 들어 보니 큰언니도 함께 울고 있었어요. 아빠를 부르면서 말이죠. 그 소리를 듣다가 나도 덩달아 눈물이 났지만 그건 전혀 다른 이유 때문이었어요.

식구들이 아직 잠에서 깨어나지 않은 그날 새벽에 난 아빠를 보러 제단 앞으로 갔어요. 제단 위를 밝혀 주던 초와 향은 다 타서 재만 수북했고 아빠를 위해 올려 놨던 음식들은 말끔히 치워져 있었어요. 난 사진을 물끄러미 바라보았죠. 엄한 표정의 수척한 얼굴, 입술은 꽉 다물고 시선은 오른편으로 영원히 고정된, 액자 속의 아빠를 말이에요. 난 이른 아침 제단 앞에 혼자 앉아 있었어요. 어쩜 아빠가 날 쳐다봐 줄지도 모른다는 희망을 가지고요.

얼마 동안 그렇게 있다가 나는 이윽고 몸을 일으켜 살금살금 부엌으로 갔어요. 그리고 싱크대 서랍에서 숟가락 하나를 꺼내 들었어요. 내 보온병에 물도 가득 채우고 항아리 안에 엄마가 넣어 둔 강낭콩도 몇 알 손에 쥐고는 밖으로 나왔어요.

거리는 텅 비어 있었어요. 일요일 아침이었거든요. 4월 초순인데도 얼음장같은 찬바람이 아직도 씽씽 돌아다니며 빈 깡통으로 축구를 하고 있었어요. 내 뺨도 순식간에 꽁꽁 얼려 놨지요. 이맘 때 베트남의 날씨는 이렇지 않다던데…… 그래도 이곳 클리블랜드(Cleveland) 사람들은 이런 날씨를 봄이라고 부른답니다. 난 한 블록이 안 되는 거리를 계속 걸은 다음, 길을 건너 우리 마을 공터에 다다랐어요.

입구에서 한껏 발돋움을 하고는 주위를 살펴보았어요. 공터 한가운데 버려진 낡은 소파 위에는 다행히 아무도 자고 있지 않았어요. 그때까지 한 번도 이곳에 들어와 본 적이 없었어요. 물론 원한 적도 없고요. 그런데 지금 난 그 무시무시한 공터 안에 제 발로 들어와 있는 거예요. 타이어 더미와 쓰레기 봉지 더미가 양쪽으로 높이 들어선 틈바구니에서 길을 찾으며 말이에요. 발자국을 옮길 때마다 너무 무서웠어요. 뭔가를 갉아먹고 있는 두 마리의 쥐를 거의 밟을 뻔했을 땐 그냥 냅다 집을 향해 뛰어가 버리고 싶었어요.

그렇지만 난 마술의 주문을 외우면서 계속해서 공터 안으로 들어갔어요. 언젠가 읽은 동화책에 나온 용감한 마술사의 주문인데 이럴 때 써먹으려고 외워 둔 거죠. 그리고는 마침내 알맞은 장소를 발견했어요. 사람들이 다니는 거리로부터 뚝 떨어져 있고, 눈에 잘 띄지 않는 곳이었어요. 녹슨 냉장고도 옆에 버티고 서 있어 왠지 마음에 꼭 들었어요. 나에겐 지금부터 하고자 하는 일을 최대한 안전하게 지켜 줄 장소가 필요했거든요.

그 다음에는 숟가락을 꺼내 들고 흙을 파기 시작했어요. 지난 겨울에 내린 눈은 이제 녹고 없지만 땅은 얼어붙은 그대로였어요. 그래도 손을 호호 불며 열심히 흙을 파내서 작은 구덩이 한 개를 만들어 냈어요. 두 번째, 세 번째 구덩이도 무사히 만들었어요. 그러는 동안 난 생각했어요.

'엄마와 언니들은 아빠가 방금 곁에 계셨던 것처럼 기억이 생생할 거야. 화나셨을 때, 기분 좋으실 때 얼굴 표정도 모두 알고 있을 테고, 손을 잡고 걸을 때의 감촉도 마음속에 간직하고 있을 거야. 그런데 난 뭐지? 뭘 갖고 있지?'

난 아빠를 떠올리며 슬프게 울 만한 작은 추억도 가지고 있지 않아요. 표정도 사진 속의 딱 한 가지 것만 알고 있는 걸요. 난 아빠가 돌아가시고 여덟 달 뒤에 태어났으니까 우린 당연히 서로를 몰라요. 그게 슬퍼요. 이렇게 난 아빠를 그리워하고 있는데 아빤 내가 누군지나 알고 계실까요? 전날처럼 아빠의 영혼이 우리 집 제단 위를 서성이는 날이면 내가 누군지 과연 알아보실까요?

난 모두 여섯 개의 구덩이를 팠어요. 베트남에 살았을 때, 아빤 솜씨 좋은 농사꾼이었다고 해요. 아빠가 손을 대면 그 곳이 어디든 푸른 밭으로 변했다고 엄마가 말씀하셨죠. 클리블랜드의 우리 아파트 단지에는 풀 한 포기 심을 작은 마당도 없어요. 그렇지만 이 공터에라도 녹색 풀들을 자라게 하면 어쩜 아빠가 날 내려다보아 주실지도 모르겠어요. 내가 심은 강낭콩들이 땅을 뚫고 죽죽 뻗어 올라 꼬투리까지 통통하게 살이 오르는 광경을 흐뭇하게 지켜보아 주실는지도 모르죠. 그리고 나의 부지런함을 마음속으로 칭찬해 주실 거예요.

"그래, 이 녀석. 네가 내 막내딸이로구나."

나도 식물을 훌륭하게 키울 수 있다는 걸 그분께 보여 드리고 싶어요. 내가 바로 당신의 딸이라는 사실을 알려 드리고 싶은 거죠.

이제껏 식물을 키워 본 건 지난 학기 자연시간에 강낭콩을 키우며 관찰일지를 써 본 게 전부예요. 그것도 흙 속이 아닌 종이컵 안에다가였죠. 방금 난 떨리는 마음으로 작은 구덩이에 각각 한 개씩 강낭콩을 떨어뜨리고 흙을 덮은 뒤 손끝으로 단단하게 다졌어요. 가져온 보온병 마개를 열어 물도 흠뻑 주었지요. 그리고 콩들에게 속삭였어요.

"무럭무럭 자라 줘, 얘들아. 우리 아빠가 하늘나라에서도 금방 알아보실 수 있게 말이야."

아나의 창가

ANA

무엇보다도 창가에 앉아 밖을 내다보는 일이 나는 즐겁답니다. 텔레비전 따윈 굳이 필요 없어요. 공터 건너편에 마흔 여덟 개나 되는 아파트 창문을 볼 수 있고, 에리(Erie) 호수를 어렴풋이 감상할 수 있다면 말이지요. 말하자면 난 이 창가에서 이 거리의 역사를 쭉 지켜본 산 증인인 셈이랍니다.

우리 가족이 이곳으로 이사온 건 1919년이니까, 내가 네 살 정도 되었을 때였지요. 그 당시엔 말이 과일 장수의 수레나 석탄 운반을 도맡아 했답니다. 난 바로 이 창가에 서서 그로자(Groza) 출신의 잘생긴 마부 청년이 석탄을 운반하는 광경을 구경하곤 했어요. 그로자는 내 부모님의 고향이기도 해요. 그때만 해도 이곳 깁 스트리트(Gibb Street)에는 루마니아 인들이 많이 살았죠. 그래서 이 거리의 상점들을 오고 갈 때 루마니아 어로 된 인사말인 "Adio"(안녕히 가세요)를 듣는 건 아주 흔한 일이었답니다.

그러나 그들도 곧 하나 둘씩 떠나기 시작했어요. 그건 마치 이 거리의 법칙 같은 거였지요. 돈이 없어 싸구려 호텔에 머물다가 충분히 돈이 모이면 미련 없이 떠나는 것처럼요. 이 거리의 이웃은 늘 가난한 노동자 계급의 사람들이었답니다. 루마니아 인들이 떠난 자리를 슬로바키아 인과 이탈리아 인들이 채웠고, 그 다음엔 흑인 이웃들과 함께 대공황을 보냈어요. 그런 다음의 깁 스트리트는 나라 사이의 국경선처럼 흑인 거주지역과 백인 거주지역의 경계선이 되어 버렸어요. 난 그 모든 거리의 변화를 바로 이 창문을 통해 지켜본 셈이지요.

그렇다고 내가 붙박이 장롱처럼 이곳에서만 있었던 건 아니에요. 18년 동안 클리블랜드 하이츠에서 살기도 했죠. 연로해지신 부모님과 함께 살려고 이 거리로 다시 돌아왔을 땐 그 경계선도 사라지고 없었어요. 대부분의 백인들은 떠나버린 뒤였고요. 그 다음엔 제철소와 공장들이 차례로 문을 닫고, 사람들도 모두 어디론가 떠나버렸어요. 마치 피리 부는 사나이를 따라나선 쥐 떼들처럼 말이에요. 건물들은 버려진 채로 있고, 일자리를 잃은 사내들은 하루 종일 건너편 공터에 죽치고 앉아 술을 마셔댔죠. 사이렌 소리가 늘 요란하게 거리를 채우고, 살인 사건이 끊이지 않았어요. 지금은 멕시코와 캄보디아에서 온 사람들이 새 이웃이 되었답니다. 또, 내가 생전 들어본 적도 없는 나라에서 이주해 온 사람들도 있는데 그들은 종종 한 아파트에 열두 명이나 바글바글 모여 살기도 하더군요. 또다시 새로운 언어가 가게와 거리에 넘쳐납니다. 그렇지만 이 새 이웃들도 돈을 모으면 곧 떠날 테지요. 다른 이들이 그랬던 것처럼 말이에요. 이 거리에 변함없이 남아 있는 건 나 혼자뿐이랍니다. 그리고 이제 나는 늙고 병들어, 창 밖을 바라보는 일이 어느덧 중요한 일과이자 유일한 낙이 되어 버렸어요.

지난 봄, 여느 때처럼 창가에 앉아 있는데 이상한 광경을 보게 되었어요. 이른 아침, 검은 머리카락을 내려뜨린 아시아계 어린 여자아이가 공터에 나타났어요. 그리고는 줄곧, 버려진 냉장고 뒤에 숨어서 뭔가를 하더군요. 그 쓰레기 더미 속에서 끊임없이 주위를 살피면서 말이에요. 난 대뜸 그 애가 무얼 하고 있는 건지 알아차렸죠. 그 앤 아마도 뭔가 좋지 않은 물건을 땅에다 파묻고 있을 거예요. 난 자식을 키워 본 적이 없지만 그 정도는 쉽게 알아차릴 수 있었어요. 그런 비슷한 일들을 공터에서 무수히 보아 왔거든요. 게다가 법원에서 20년 동안 타이프를 친

내 경력으로 추측건대 십중팔구는 마약, 아니면 돈, 그것도 아니면 총이겠지요. 그런 생각을 하고 있는데 여자아이인 눈 깜짝 할 새에 사라져 버렸어요. 마치 들토끼처럼 말이에요.

 처음에는 경찰에 신고하려고 했어요. 그런데 다음날에도 그 아이가 그 곳에 나타난 걸 본 뒤로는 웬일인지 직접 알아보고 싶다는 생각이 불쑥 들었어요. 그날 이후 비가 계속해서 내렸어요. 그 아이도 한동안 나타나지 않았어요. 날씨가 다시 좋아지자 두 번 정도 그 앨 더 볼 수 있었는데 언제나 이른 아침에였어요. 아마도 학교 가는 길에 들르는 것 같았어요. 그 아인 늘 같은 자리에 웅크리고 앉아서 뭔가를 하고 있었어요. 이쪽으로 등을 돌리고 있어서 뭘 하는지는 알 수 없었어요. 호기심이 자꾸 커져갔죠. 한번은 아이가 일을 마치고 주위를 살피다가 이쪽 창문을 빤히 쳐다보는 거예요. 난 커튼 뒤로 재빨리 몸을 숨겼지만 그 애가 날 보았을지도 모를 일이었어요. 만약 날 봤다면 그 앤 묻어둔 자기 보물을 그냥 놔두지 않을 게 확실했어요. 그 애가 치워 버리기 전에 어서 땅을 파 보아야겠다는 생각이 퍼뜩 들었죠.

 그 아이가 떠난 뒤 한 시간 정도를 기다렸습니다. 그러고 나서 낡아빠진 버터나이프와 지팡이를 챙겨 들고 3층짜리 나선형 계단을 절름거리며 내려왔어요. 너저분한 잡동사니로 가득 찬 정글 같은 공터를 가로질러 그 아이가 늘 웅크리고 앉아 있던 자리로 가 보았죠. 그리고는 구부리고 앉아 땅을 파헤치기 시작했어요. 흙이 젖어 있어 파기 쉬웠지요. 그런데, 아무 것도 나오지 않았어요. 크고 하얀 콩알 한 개가 전부였지요. 다른 곳을 파 보아도 같은 것만 나올 뿐이었어요. 갑자기 무언가에 세게 머리를 얻어맞은 것처럼 정신이 번쩍 들었어요. 난 혼자말로 중얼거렸어요.

"맙소사, 내가 도대체 무슨 짓을 한 거지?"

파낸 콩알 세 알 중 두 개는 벌써 싹이 돋아나 있더군요. 난 그 여리디 여린 콩알들에게 해를 입혔다는 걸 깨달았던 거죠. 함부로 후벼 파내서 영영 못 쓰게 만든 건지도 모를 일이었습니다. 마치 그 여자아이의 소중한 일기장을 훔쳐 읽다가 무심코 한 장을 찢어 버린 것 같은 기분이 들었던 겁니다. 난 부랴부랴 그 콩들을 다시 제자리에 심었어요. 고이 잠든 아기들을 다루듯이 조심스럽게 말입니다. 그 다음에 평평하게 땅을 다져주는 것도 잊지 않았지요.

다음날 아침에도 여자아이는 그 곳에 왔습니다. 나는 커튼 뒤에 숨어 지켜보았는데, 지난번처럼 이쪽 창문을 본

다거나 뭔가 이상한 낌새를 채는 것 같진 않았어요. 나도 모르게 내쉰 안도의 한숨이 커튼을 흔들었어요. 이번엔 그 애를 똑똑히 볼 수 있었어요. 그 앤 책가방에 손을 넣어 물병 같은 걸 꺼내더니 뚜껑을 열어 물을 쏟더군요. 콩들이 움트고 있는 바로 그 자리에 말이에요.

  내가 시내에 나가 망원경을 장만한 건 그날 오후였습니다.

웬델의 어떤 주말

WENDELL

우리 집 전화 벨소리는 자주 울리지 않습니다. 그런 편이 내겐 다행이라고 생각합니다. 나쁜 소식은 죄다 전화를 통해 알았기 때문이죠. 아들 녀석이 길거리에서 개처럼 총에 맞아 죽었을 때도 그랬고, 작년에 있었던 마누라의 교통사고 소식도 역시 전화로 들었습니다. 지금도 전화벨이 울리면 움찔움찔 놀라곤 하죠.

아나 할머니가 전화를 걸었던 아침에 난 그때까지도 잠을 자고 있었습니다. 전화 벨소리에 잠을 깨는 건 내 경우 더 끔찍스런 일이 아닐 수 없죠.

"웬델, 빨리 올라와요!"

할머니가 다급하게 말했어요. 난 이 건물 1층에 살고 있고, 3층에 혼자 살고 있는 그 할머니를 가끔 돌봐드리고 있습니다. 우린 이 건물을 통틀어 남아 있는 단 두 사람의 백인이거든요. 그 전화를 받고는 단숨에 달음박질쳐

3층까지 올라갔어요. 이건 분명 위급한 상황이 틀림없었습니다. 난 죽어 가는 할머니를 발견하지 않게 해 달라고 기도하며 뛰어갔죠. 할머니의 집 현관에 다다랐을 때, 그분은 놀랍게도 멀쩡한 얼굴로 문을 열어 주었습니다. 게다가 나를 다짜고짜 창가로 끌고 가며 기운차게 소리를 질러댔어요.

"저걸 좀 봐, 다 죽어가고 있다네!"

"뭐, 뭐 말이에요?"

난 뒤에서 소리쳤죠.

"풀들 말이야! 저기 저 풀들 안 보이나?"

갑자기 화가 불끈 치밀 지경이었습니다. 풀이라니! 겨우 그것 때문에 아침부터 남의 잠을 깨우다니! 아나 할머니는 내게 망원경을 건네주고는 당신이 본 동양인 계집아이에 대해 장황하게 떠들기 시작했습니다. 망원경으로 들여다보니 정말 무슨 풀 같은 게 네 개 정도 삐죽 솟아 있었습니다. 그것들은 바싹 시들어 잎사귀들을 땅에 늘어뜨리다시피하고 있더군요.

"어떤 풀 같아?"

"콩 종류예요."

볼멘소리로 짧게 대답했습니다. 난 켄터키의 작은 농장에서 자란 덕에 식물에 대해 좀 알고 있죠.

"그런데 너무 일찍 심었어요. 싹이 나온 것만으로도 다행인 걸요."

"그래도 해냈잖아, 신통하게도 말이지. 이제 저 어린 것들을 도와주는 건 우리의 의무일세."

할머니가 엄숙한 어조로 말하더군요. 난 점점 더 기가 막혔죠.

그날은 벌써 더위가 기승을 부리는 오월의 어느 일요

일이었는데, 할머닌 당신이 내게 어떤 무례한 짓을 저질렀는지는 안중에도 없이 계속 떠들고 있는 겁니다. 이런 더위에 당장 물을 주지 않으면 저 가엾은 것들이 죽어버릴 거라면서, 마치 당신이 심은 콩이라도 되는 것처럼 야단법석을 떨었습니다. 할머니 말로는 풀 주인인 계집아이는 나흘째 나타나지 않았는데 아프거나 이사를 갔을 게 분명하다는 거였죠. 그리고 나서 덧붙이기를 당신은 관절이 아파서 계단을 오르내릴 수 없으니 날더러 물을 주라는 겁니다. 나 원 참! 물병까지 가리키며 단호하게 말하시더군요.

"저 병에 가득 채워서 흠뻑 주고 오게나, 어서!"

월요일부터 금요일까지 학교 수위로 일하고 있는 나는 주말이 되면 녹초가 되기 일쑤죠. 온갖 허드렛일이 다 내 차지니까요. 그런데 주말에도 제대로 쉬지 못하고 이런 괴상한 요구를 들어드려야 하다니! 밉살스런 할망구를 불만이 가득한 눈길로 바라보았어요. 그리고는 일부러 느릿느릿 물병에 물을 채웠죠.

나는 시키는 대로 계단을 내려가 공터에 들어가서 그 풀 포기들이 있는 곳으로 갔습니다. 원래 콩은 날씨가 완전히 풀려야 심을 수 있는 식물이죠. 그런데 이 콩들은 운 좋게도 옆자리의 냉장고 덕을 톡톡히 본 모양이었습니다. 냉장고가 햇빛을 반사시켜 마치 오븐 안처럼 그쪽 지면을 따뜻하게 해 주었던 겁니다. 몸을 숙여 흙을 만져 보았습니다. 물기 하나 없이 바싹 말라 있더군요. 시든 잎들을 들여다보니, 트럼프 카드의 스페이드 모양을 하고 있었습니다. 그건 틀림없는 강낭콩 묘목이었어요. 나는 흙을 긁어모아 첫 번째 강낭콩 뿌리 주변을 북돋워 주었습니다. 이렇게 해 두면 수분이 쉽게 빠져나가지 않아 묘목에 좋거든요. 그런 다음 물병을 들고 조금씩 물을 주었어요.

바로 그때, 무언가 인기척이 들려 뒤를 돌아보았습니다. 동양 여자아이가 그 곳에 있었죠. 돌처럼 굳어진 채로 말입니다. 열 발자국 정도 떨어진 자리에 보온병을 꼭 쥔 채로 서 있더군요. 냉장고에 가려서 미처 날 못 본 모양이었습니다. 그 앤 겁에 질려 숨도 못 쉬는 것 같았습니다. 내가 와락 덤벼들기라도 할 것 같았던 게죠. 난 그 애를 향해 어색한 미소를 지어 보이며 말했어요.

"음. 그게 말이지. 네 강낭콩들이 너무 목말라 하는 것 같아서 말이야……"

그 앤 영문을 몰라 점점 더 눈이 동그래지더군요. 난 설명을 포기하고 그 애가 더 이상 겁을 먹지 않도록 천천히 몸을 움직여 자리를 떴습니다. 다시 한 번 웃어 보였지만 그 앤 잠자코 내가 멀어지는 모습을 지켜볼 뿐이었어요.

우린 아무 말도 하지 않았습니다. 그래서 그 애가 어쩌자고 강낭콩을 그런 데다 몰래 심어 놨는지 알 도리가 없었습니다.

그날 저녁, 다시 그 곳엘 가 보았죠. 강낭콩들은 생기를 되찾아 푸릇푸릇해져 있었습니다. 기특하게도 그 애는 나머지 세 포기의 묘목 주변에도 흙을 수북히 북돋워 놓았더군요. 문득 성경의 한 구절이 떠올랐습니다.

"그리하여 어린아이가 그들을 몰고 다니리라······"

난데없이 그 구절이 왜 떠오른 걸까요? 나 자신도 영문을 알 수 없었지요. 그러다가 곧 깨달았습니다. 인생에는 자기 힘으로 바꿔 놓을 수 없는 게 부지기수로 많습니다. 죽은 사람을 다시 살려 놓을 수도 없고, 사랑과 착한 마음씨만으로 세상을 채울 수도 없어요. 내가 백만장자가 될 가능성은 이미 오래 전에 글렀지요. 그렇지만 적어도 이 쓰레기 하치장 같은 공터 한 귀퉁이를 바꿀 힘은 내게 아직 남아 있는 겁니다. 어쩌면 공터 전체를 바꿀 수도 있을 거예요. 하루 온종일 투덜대며 보내는 시간과 힘을 밭 일구기에 쏟는다면 말입니다. 그 어린 여자아이가 내게 값진 깨달음을 준 셈이었습니다.

공터는 ㄷ자 모양으로 삼면이 아파트들로 들어서 있었습니다. 난 여기저기 둘러보고 나서 아파트 그늘이 너무 깊숙이 드리워지지 않은 곳을 택했습니다. 쓰레기들을 한쪽으로 치우고 깨진 유리 조각들도 골라냈습니다. 그런 다음 웅크리고 앉아 흙을 만지작거리며 나의 작은 계획을 눈앞에 그려 보았습니다.

다음날인 월요일, 나는 학교에서 부삽 하나를 들고 퇴근했습니다.

곤잘로와 할아버지

GONZALO

미국에 이민을 오면 어른은 아이가 되고, 아이는 어른이 된다는 사실을 알고 계셨어요? 이건 학교에서도 가르쳐 주지 않는 '가르시아의 법칙'이에요. 머리 좋기로 유명한 우리 중학교 2학년 수학 담당 스몰츠 선생님도 아마 처음 들으실 거예요. 〈대수입문〉에도 나와 있지 않으니까 찾아볼 필요는 없어요. 이건 바로 내가 만든 법칙이거든요. 참, 가르시아는 내 미국식 이름이에요.

　과테말라에서 아빠와 단둘이 이곳 클리블랜드로 이민 온 지 벌써 많은 시간이 흘렀어요. 2년이 지난 다음부터는 영어도 익숙해져서 쓰는 데 아무런 불편함이 없어요. 비결이 뭐냐구요? 별 거 없어요. 친구들과 어울려 놀거나 텔레비전을 보면서 자연스럽게 배웠답니다. 텔레비전이 '바보상자'라는 말이 전적으로 다 맞는 건 아니에요. 내겐 오히려 영어를 가르쳐 주는 '훌륭한 선생님'인 셈이니까요. 하지만 아빠의 영어 실력은 형편없어요. 유치원생 보다도 못하다는 게 솔직한 표현일 거예요. 하루 종일 식당 주방에서 일만 하시니까 나처럼 영어를 배울 기회가 없으신 거예요. 게다가 아빠의 직장 동료들은 순 멕시코나 엘살바도르에서 건너온 아저씨들이라 영어는 한 마디도 안 쓰고 하루가 지나가기도 한대요. 그래서 아빠 간신히 동네 식료품 가게에서만 물건을 사고, 다른 곳을 가야 할 땐 고개를 푹 숙이고 다니십니다. 사람들과 말을 해야 할 때도 우물우물하다가 웃음으로 얼버무리곤 하시죠. 모르는 사람들 앞에서 실수투성이의 영어로 말을 해야 하는 게 싫으셨던가 봐요. 그래서 아빠 영어로 전화 통화를 해야 하거나 집주인 아주머니를 만나 봐야 할 때, 또 장을 봐야 할 때 모든 걸 내게 떠맡기십니다. 아빠가 아이가 되고, 아이인 내가 어른이 되어 버리는 셈입니다.

아빠와 내가 먼저 이곳에 와 자리잡은 뒤 얼마 안 있어 엄마와 동생들, 그리고 테오 후안 할아버지가 우리와 합류했어요. 할아버지는 엄마의 삼촌이신데, 과테말라에 사셨을 땐 마을에서 존경받는 어른이셨다고 해요. 그렇지만 이곳에 와선 순식간에 어린아이가 돼 버리셨어요. 아빠와 마찬가지로요. 게다가 할 일도 없어져 버리셨어요. 고향에선 농사를 짓느라 1년 내내 바쁘셨는데 이곳에선 그럴 수 없게 됐거든요. 그렇다고 마을 광장에 앉아 친구들과 잡담이나 하며 시간을 보낼 수도 없는 노릇이셨어요. 우선 이곳에는 마을 광장이 없어요. 그래도 굳이 길거리에 죽치고 앉아 우리 고향 기분을 내다가는 갱들의 차가 사격 연습용으로 생각하고 쏘아댄 총에 맞기 딱 알맞죠. 할아버지는 영어를 이해하지 못하니까 당연히 텔레비전도 재미없어 하십니다. 그래서 온종일 집안을 돌아다니는 게 할아버지가 할 수 있는 일의 전부지요. 이 방 저 방을 들어갔다 나왔다 하시며 혼잣말을 중얼거리는 할아버지의 모습은 꼭 기저귀를 차고 아장아장 돌아다니는 아기 같아요. 가여운 할아버지!

어느 날 아침엔 답답함을 견디기 힘드셨던지 혼자 밖으로 나가버리셨습니다. 엄마는 기겁을 하셨죠. 할아버지는 스페인 말도 할 줄 모르시고 오로지 인디언 말만 하시거든요. 동네 이곳 저곳을 찾아다니던 나는 미장원 앞에서 할아버지를 발견했어요. 할아버지는 유리창 너머로 어떤 누나를 넋을 잃고 바라보고 계셨어요. 가까이 가 보니 그 누나 손에는 드라이기가 들려 있었어요. 그런 신기한 물건을 처음 보는 할아버지로선 이 마을이 마치 4차원의 세계처럼 낯설고 무섭게 느껴지셨을 거예요. 나는 세 살짜리 막내 동생을 다루듯 할아버지의 손을 이끌고 집으로 돌아왔습니다. 그날 이후 방과 후에 할아버지를 돌봐 드리는 게 또 다른 내 숙제가 되어 버렸습니다.

 그러던 어느 날 오후, 여느 때처럼 텔레비전을 보며 작문 숙제를 하다가 할아버지가 집안 어디에도 안 계시다는 걸 발견했어요. 우선 우리 아파트 단지의 모든 복도를 뒤져 보았어요. 그리고 거리 곳곳도 찾아다녔지요. 할아버진 식료품 가게에도 안 계셨고, 전당포에도 안 계셨어요. 다급해져서 할아버지 이름을 큰 소리로 불러 보았지만, 대답은 들리지 않았어요. 온갖 나쁜 상상이 눈앞을 스쳐 갔어요. 맨홀 구덩이에 빠져 쓰러져 계신 할아버지, 차에 치여 길가에 누워 있는 할아버지…… 엄마의 새파랗게 질린 얼굴이 보이는 듯했어요. 길모퉁이를 돌 때마다 간절한 마음으로 하얀색 밀짚모자를 찾아보았어요. 그건 할아버지가 외출하실 때마다 늘 쓰고 나가시는 모자거든요.

두 블록 정도 더 그렇게 가다 보니 하얀색 밀짚모자가 저만치 보이는 거였어요. 얼마나 반가웠는지 몰라요. 나는 날듯이 뛰어갔어요. 할아버지는 공터 앞에 서서, 삽을 들고 있는 어떤 아저씨를 향해 손짓발짓으로 말을 걸고 있었어요.

난 다짜고짜 할아버지의 손을 잡아 끌었어요. 그런데 할아버진 오히려 나를 지저분한 공터 안으로 끌고 들어가시는 거예요. 그때서야 난 삽을 든 아저씨가 누군지 알아보았어요. 바로 우리 학교 수위 아저씨였어요. 아저씬 공터 한 귀퉁이에 작은 텃밭을 가꾸고 계시더군요. 연두색 키 작은 잎들이 땅 위로 올라와 있었는데 신기하게도 잎사귀마다 빛깔이 달랐어요. 할아버지는 한껏 얼굴에 웃음을 머금고는 아저씨에게 다시 뭔가를 설명하려고 애썼어요. 그렇게 생기 가득한 모습은 할아버지가 미국에 오신

이후로 처음 보았어요. 그렇지만 말이 통하지 않으니 어쩔 수 없었죠. 아저씨는 다시금 일하던 자리로 돌아가 흙 파는 일에 열중했습니다. 나는 공터에 더 있고 싶어하시는 할아버지를 모시고 간신히 집으로 돌아왔습니다.

 그날 밤, 할아버지는 엄마에게 이 모든 이야길 하셨습니다. 우리 중 엄마만이 유일하게 할아버지의 말을 이해할 수 있었으니까요. 다음날, 퇴근하신 엄마는 내게 할아버지를 지난번 그 곳으로 모셔다 드리라고 말씀하셨어요. 그래서 할아버지와 함께 다시 그 공터에 갔어요. 할아버지는 태양을 보며 뭔가 연구를 하는 눈치셨어요. 그 다음엔 흙을 만져 보고 냄새도 맡아 보고 맛까지 직접 보시더군요. 할아버지가 고르고 고른 장소는 인도(人道)에서 멀지 않은 곳이었어요. 그러는 동안 엄마는 모종삽과 네 종류의 씨앗을 사 가지고 오셨어요. 나는 쓰레기 치우는 일을 맡아 했고, 할아버지는 흙을 갈아엎으셨어요. 난 속으로 생각했죠.

'사람들 다니는 길에서 좀더 안쪽으로 들어가면 좋았을걸! 친구들이나 내가 싫어하는 애들이 여길 지나가다가 지금 내 꼴을 보면 어떡하지? 에이, 참!'

난 왠지 창피했거든요. 그런데 할아버지는 구경 나온 사람들 따윈 안중에도 없어 보였어요. 오로지 온 정성을 다해 흙을 고르셨어요. 글은 읽지 못하시지만 겉봉의 사진만으로도 씨앗의 특성이나 알아둬야 할 여러 가지 정보를 이미 다 알고 계신 듯했어요. 할아버지는 못이 박인 거친 손바닥 가득 씨앗을 쏟아 놓고 흐뭇하게 바라보셨어요. 마치 오랜 친구를 만난 것처럼 표정은 한없이 푸근하고 따뜻했지요. 방금 만드신 긴 고랑을 따라 정성스레 씨앗을 심는 할아버지를 지켜보면서 나는 깨달았습니다.

'나는 땅에 대해 아는 게 하나도 없는데 할아버지는 하나부터 열까지, 아니 어쩜 백이나 천까지 모든 걸 다 알고 계시는구나……'

 나는 분주하게 움직이는 할아버지의 손을 보다가, 이윽고 눈을 바라보았어요. 할아버지의 눈동자는 더 이상 먼 데 초점이 맞춰져 있지도 않았고 겁먹은 어린아이의 표정도 담고 있지 않으셨어요. 두 눈은 대지를 향해 또렷이 빛나고 있었습니다. 할아버진 원래의 '큰 어른'으로 되돌아오신 거였어요.

레오나의 색소폰

LEONA

나의 어머니는 의사들의 처방이나 지시 사항을 잘 따르는 편이지만, 할머니는 그렇지 않으십니다. 의사가 백인인 경우, 그 불신감의 정도는 더 심하지요. 그렇다고 흑인 의사 말은 잘 들으시냐 하면 그건 또 천만의 말씀입니다. 난 애틀랜타의 할머니 댁에서 어린 시절을 보냈으니 그 사실을 누구보다 잘 알고 있지요. 할머닌 아침마다 기린초 물을 끓여 거기에 육두구 씨앗을 띄운 다음 그걸 한 대접씩 들이키십니다. 그리곤 입버릇처럼 말씀하시죠.
"이게 만병통치약이야."
 우리 동네 베이츠 의사 선생님은 그렇게 계속 기린초 물을 달여 마시다가는 혈압이 올라 심근경색을 일으킬 수 있다고 경고하셨죠. 그 대신 차라리 철분제를 복용하라고 권하셨어요. 그렇다고 꿈쩍이나 하실 할머닌가요, 어디? 경고의 말을 늘어 놓던 선생님은 그해 여름 갑자기 세상을 떠나셨습니다. 그 다음 번 의사는 기린초 물이 뇌막염을 일으킬 수 있다고 역시 경고했지만, 무슨 일인지 그도 할머니보다 먼저 저 세상으로 가버리고 말았어요. 그것도 쉰 번째 자기 생일 파티 도중에 말이죠. 난 할머니를 따라 그분 장례식에 참석했는데 화려하기 그지없더군요.

할머니 연세는 아흔 아홉이십니다. 그건 순전히 할머니 식의 셈이니까, 정말로 몇 세이신지는 당신만이 알고 계실 테죠. 할머니에겐 고약한 취미가 하나 있는데 그건 바로 할머니보다 먼저 세상을 떠난 담당 의사들의 부고가 실린 신문기사를 모아 스크랩북을 만드는 일입니다. 게다가 할머닌 그 명단을 창세기의 한 구절처럼 순서대로 암송할 수도 있으시답니다. 스크랩을 하고 나시면 으레 나를 데리고 장례식에도 빠짐없이 참석하셨습니다. 물론 고인이 된 의사의 묘 앞에 기린초 한 묶음을 놓아 드리는 것도 잊지 않으셨지요.

어느 날, 깁 스트리트를 따라 식료품 가게에 갔다가 집으로 돌아오는 길이었습니다. 나는 오랜만에 할머니 생각을 하며 걷고 있었어요. 그런데 공터에 다다랐을 때 웬 사람들이 눈에 띄더군요. 세 남자가 고개를 숙이고 뭔가를 하고 있었어요. 떨어진 동전이라도 찾는 모양이라고 생각하며 무심히 지나치려고 하는데, 그 세 사람의 손에는 금속탐지기 대신에 삽이 들려 있더군요. 그들이 작은 텃밭을 만들고 있는 중이라는 걸 알게 되자 불현듯 드는 생각이 있었어요.

'나도 이곳에 기린초를 심어 봐야지!'

주위를 둘러보자 인도에 선 채로 공터의 움직임을 주시하고 있는 어떤 남자도 눈에 띄었고, 아파트 창가에 얼굴을 내밀고 내다보는 소녀도 있었어요. 나처럼 채소나 꽃을 가꾸고 싶어하는 사람이 생각보다 많은 것 같았습니다. 나는 땅 위에 잔뜩 널브러져 있는 쓰레기 더미를 훑어보았어요. 왜 사람들이 이곳을 '공터'라고 부르는지 모르겠습니다. 이 '공터'는 어른 허리춤 높이까지 인근 주민들과 외지 사람들이 내다 버린 각종 쓰레기와 오물들로 가득 차 있습니다. 빈틈이 없는 공터인 셈이지요. 쓰레기봉지 살 돈을 아끼려는 얌체나 위험한 화학 폐기물을 공짜로 처리하려는 몰염치들, 혹은 나 하나쯤이야 하는 심보들이 하나하나 모여 이 거대한 작품을 만든 셈입니다. 게다가 나를 비롯한 이곳 주민들도 시청에 이 쓰레기들을 치워 달라는 요구도 하지 않고, 그저 차곡차곡 쌓아 놓기만 했던 겁니다. 공터에서 뿜어져 나오는 악취는 말할 수 없이 지독스러워서 그 길을 지나려면 수면 위에 코만 내민 악어처럼 코만 떼어 공중에 높이 쳐들고픈 심정이 되어 버립니다. 그야 여름엔 말할 것도 없죠.

어쨌든 그 용감무쌍한 세 사람은 오물더미 사이를 비집고 간신히 가느다란 밭고랑 몇 줄을 만들어 놨더군요. 하지만, 단언컨대 저 거대한 더미가 치워지지 않는 이상 밭은 그 정도 선에서 만족해야 할 거라는 사실이 눈앞에 훤히 보였어요. 이건 달랑 삽 하나 들고 해결할 수 있는 일이 아니었던 거예요. 장정 몇이 손수레에 달라붙어 쓰레기를 지고 나른다고 해도 어림없는 양이지요. 이건 오로지 전화 한 통만이 해결할 수 있는 문제였어요. 어쨌거나 그날은 그쯤에서 집으로 돌아왔습니다. 머릿속은 여러 가지 계획들로 복잡해졌죠.

내겐 고등학생인 아이가 둘 있는데 불행히도 교과서보다 총기류가 학생들 사이에 더 많이 돌아다니는 학교에 다니고 있습니다. 사정이 이렇다 보니 나는 학교나 해당

기관을 쫓아다니며 항의를 하는 데 어느 정도 이골이 나 있습니다. 딱딱한 관공서를 상대로 내 요구사항을 관철시키는 요령을 나름대로 터득한 셈이지요.

월요일인 다음날, 아침 일과가 대충 끝난 9시에 나는 우선 큰 컵으로 한잔 가득 물을 마셨습니다. 내 경험상 이런 일의 첫 번째 순서는 열 다섯 번에서 스무 번 정도 똑같은 이야기를 되풀이해야 하는 것이기 때문에 미리 목을 충분히 축여 놓는 게 좋습니다. 그 다음에는 내가 즐겨 듣는 마일즈 데이비스의 CD를 틀어 놓고 침대 위에 몸을 쭉 펴고 누웠습니다. 자, 이제 모든 준비가 끝난 셈입니다. 오랜 시간 전화를 붙들고 씨름해야 한다면 주변 환경이 쾌적해야 하거든요. 그런 다음 나는 비로소 전화번호부를 펼쳐 들고 다이얼 누르기를 시작했습니다.

혹시 색소폰 연주하는 걸 자세히 본 적 있나요? 그 악기는 한 키(key)를 누르면 연결된 다른 키가 잇따라 움직여 음이 나오는 구조를 가지고 있습니다. 그게 바로 나의 전략이기도 합니다. 다이얼을 누르다 보면, 마침내 저 공터의 쓰레기 더미가 사라지는 마법의 키와 연결된 다이얼이 자동으로 눌려지지 않을까 하는 게 제 작전인 거죠. 우선 클리블랜드 시청에 전화를 걸었습니다. 다음엔 구청, 그 다음에 오하이오 주 정부, 그리고 마침내 연방 정부의 담당 부서까지 장장 6시간 반 동안 전화기에 매달린 결과 알아낸 건 그 공터가 시 당국의 소유지라는 사실이었습니다. 물론 그걸 알아냈다고 해서 상황이 순식간에 바뀌거나 하진 않아요. 무슨 엄청난 국가 기밀도 아니고 그렇다고 내 전화 한 통으로 냉큼 달려와서 적절한 조치를 취해 줄 고위 공무원은 아무도 없다는 걸 잘 알고 있거든요. 그들이 우리 동네를 우연히 지나다가 공터를 눈여겨볼 리도

만무합니다. 그러기엔 너무 미천한 곳이니까요. 혹시 길을 잘못 들었다면 모를까요? 이렇게 시청과 우리 동네 사이에는 거리로 측정할 수 없는 어마어마한 '거리감'이 가로놓여 있는 겁니다.

그 다음날도 다이얼 누르기 작전을 계속 수행해 나갔습니다. 이번에는 시민정보센터에 문의를 해서 그들이 안내해 준 대로 공중위생과에 다시 전화를 걸었습니다. 거기선 또 다른 곳으로 전화하라고 하더군요. 정말 모두들 구렁이 담 넘어가듯 빠져나가는 데는 명수였습니다. 게다가 담당자와 간신히 연결이 되어도 이번엔 갖가지 이유들로 통화가 수월치 않습니다. 부재중이거나 응답기에 메시지를 남겨도 깜깜무소식이기 일쑤고, 막상 통화가 되어도 계속 걸려오는 다른 전화나 업무 때문에 이쪽에선 그저 수화기를 들고 끝없이 기다려야만 합니다. 그러다간 수화기를 든 채 백발이 되어 버릴 지경이었죠. 사흘째 되던 날엔 곰곰이 생각을 정리해 보았습니다. 이런 식으로는 내가 찾아내고자 하는 키로부터 자꾸만 멀어질 뿐이라는 기분이 들었습니다. 작전을 수정해야 했지요. 새로운 작전은 이런 겁니다. 구체적으로 이쪽이 '살아 있는 한 인격체'임을 보여주기, 그러니까 다이얼 누르기 작전이 제대로 효과를 보지 못하는 건 그들에겐 그저 내가 전화 속의 '목소리'에 지나지 않기 때문입니다. 게다가 입도 뻥긋 못하고 기다리고만 있는 '목소리'라는 건 그야말로 '있으나 마나'한 존재인 겁니다.

그리하여 사흘째 아침에 난 전화기는 던져 두고 버스를 탔습니다. 시내에 있는 시 공중위생과를 찾아가 화사하게 차려 입은 안내 데스크 아가씨에게 방문 목적을 또박또박 말했지요. 하도 되풀이해서 이제 애송시처럼 읊을 지경이었지만 이번엔 이것이 단지 '목소리'가 아닌 '살아 있는 한 인격체'의 요구사항임을 그녀가 깨닫기를 바랐죠. 그녀는 여전히 무미건조한 얼굴로 말하더군요.

"번호표를 뽑고 순서대로 기다리세요."

나는 시키는 대로 번호표를 뽑아 들고 대기자들로 가득한 홀에 자리를 잡고 앉았습니다. 그리고 가져온 봉지를 열어제쳤죠. 그 안에는 오는 도중 들른 공터에서 담아 온 갖가지 제시물(?)들이 들어 있었습니다. 그 체취가 하도 강력하고 독특해서 홀 안은 순식간에 돼지우리나 구더기 통, 혹은 부엌 하수구 안에 들어와 있는 듯한 착각을 일으킬 지경이 되었습니다. 마치 닉슨이 대통령이던 시절처럼 여기저기서 썩는 내가 진동했던 거죠. 덕분에 홀 안의 모든 사람들이 나를 주목했고, 안내 데스크의 아가씨도 예외가 아니었어요. 그녀는 다급한 표정으로 나를 부르더니 곧바로 담당 직원을 만나게 해 주더군요. 마침내 그들 눈에 내가 '살아 있는 한 인격체'로 보인 모양이었어요. 목소리만 존재하는 '유령 인간'에서 말입니다. 안내원을 따라 사무실에 들어갈 때도 나는 여전히 봉지를 가지고 갔어요. 한껏 열어제친 그대로 말이에요. 모처럼 손에 넣은 나의 소중한 존재 가치를 놓칠 수는 없기 때문이었죠.

늙은 어부 샘의 독백

SAM

사람들이 모여 웅성거리며 뭔가를 쳐다보고 있는 걸 본 건 그 거리에서였습니다. 난 생선 비린내를 맡은 고양이처럼 잰걸음으로 그쪽에 가 보았습니다. 작업복을 입은 남자들이 마을 공터를 치우고 있었습니다. 처음엔 '죄수들이 노역이라도 하고 있나?' 하고 생각했습니다. 믿어지지 않게도 공터는 말끔히 치워져 있더군요. 더군다나 옆에 있던 여자 얘기가 이제 원하는 사람은 누구든 이곳에 자기 정원을 만들 수 있다는 겁니다. 더더욱 믿어지지 않는 얘기가 아닐 수 없었습니다. 무심결에 "어허! 이곳이 낙원이 돼 버렸나 보군" 하는 혼잣말이 불쑥 나왔습니다. 여자가 이상한 듯 나를 쳐다보았습니다. '파라다이스', 즉 낙원은 페르시아 어에서 나온 말로 그 뜻은 '벽으로 둘러싸인 정원'입니다. 그런데 둘러보니 이 공터가 그런 곳으로 변한 겁니다. 아파트 벽들로 삼면이 둘러싸인 땅 위에는 벌써 갖가지 식물이 심어져 어여쁜 정원의 형태를 막 갖추기 시작했더군요. 단어의 어원이나 담긴 뜻을 찾아보는 게 내 취미인지라 그걸 보다가 나도 모르게 그 말이 나왔나 봅니다. 나는 그 뜻을 그 여자에게 설명해 주었습니다. 여자는 고개를 끄덕이며 날 향해 웃어주더군요. 나도 함께 웃었습니다. 이건 일종의 내 직업병이지요.

나는 어부와 무척 비슷한 직업을 가지고 있습니다. 바다에 나가서 고기를 낚고 찢어진 그물코를 수선하는 어부처럼 나는 세상이라는 바다에서 이상을 낚고 사람과 사람 사이의 틈새를 이어주는 일을 평생 해 왔습니다. 한때는 젊은 혈기로 지구촌을 넘나들며 다양한 목적의 여러 단체를 위해 일하기도 했습니다. 이를테면 범세계 연합정부 수립을 지지하기도 하고, 반전 평화회의를 개최하면서 지원금을 모금하고 우리의 취지와 입장을 밝힌 수만 통의

편지를 발송하며 숨 돌릴 틈도 없이 젊은 날을 보냈습니다. 결코 짧지 않은 36년의 세월이었습니다. 그렇다고 지금은 투쟁을 그만뒀다는 얘기가 아닙니다. 다만 전장을 바꾼 것뿐이지요. 지구촌 전체에서 클리블랜드의 길 한 모퉁이로 말입니다.

때때로 나는 일선에서 물러난 지금, 훨씬 효과적으로 세상을 바꾸는 힘을 갖게 되었다는 느낌을 받습니다. 어떻게 그게 가능하냐고요? 그건 사람들에게 내가 먼저 보내는 미소 덕분입니다. 나는 특별히 거리에서 마주치는 흑인과 외국인들에게 호의를 가득 담아 웃음을 지어 보이곤 합니다. 그렇게 하면 그들은 시선을 다른 곳에 두거나 고개를 숙이고 있는 대신 나를 바라보며 따라 웃습니다. 개중에는 '뭐, 저런 이상한 늙은이가 다 있어?' 하는 표정으로 고개를 돌려 버리는 사람도 간혹 있기는 합니다만 대부분의 사람들은 나의 인사를 기쁘게 받아들입니다. 줄을 서서 차례를 기다릴 때나 버스를 탔을 때도 나는 미소로 먼저 말을 건넵니다. 물건을 사고 돈을 치를 때도 점원에게 그렇게 합니다. 사람들은 그런 내게 호감을 가집니다. 그때까지 가지고 있던 백인이나 유대인에 대한 선입견을 잠시 버리고 나를 봅니다. 운이 좋으면 나로 인해 주변의 사람들이 서로 말문을 트고 이야기를 나누게 되는 광경도 종종 봅니다. 잠시나마 마음의 벽을 허무는 거지요. 나는 남은 여생도 그렇게 사람과 사람 사이를 이어주는 어부로 살고 싶습니다. 성기거나 찢어져 못 쓰게 된 마음의 그물코들을 부지런히 수선하면서 말입니다.

 내가 불현듯 작은 정원을 가지고 싶다고 생각한 건 그 공터를 보고 난 다음부터입니다. 사실 난 어린 시절을 제외하고는 그런 걸 가져 본 적이 없습니다. 그러기엔 늘 너무도 바빴으니까요. 그런데 이제 내 나이 일흔 여덟이니 막상 정원을 가진다 해도 직접 땅을 일구기에는 힘에 부칠 것 같았습니다. 그래서 똘똘한 푸에르토리코 출신의 소년을 고용하기로 했습니다. 그 아인 제대로 일하지 않으면 수고비를 받지 못할 거라는 걸 알았는지 열심히 일을 해 주었죠. 덕분에 우린 곧 실크처럼 부드럽게 감기는 흙을 갖게 되었습니다. 나는 고마움의 표시로 수고비를 두둑이 주고 한 가지 제안도 했습니다.

"이쪽 한 칸은 네 것으로 하려무나. 뭐든 원하는 걸 심어 봐라."

소년은 즉각 마리화나를 심고 싶다고 대답했죠. 내다 팔아 더 큰 용돈을 벌고 싶다나요. 그 생각이 맹랑하기도 하고 한편 천진스럽기도 해서 그만 너털웃음을 터뜨리고 말았습니다. 다시 진지한 의논 끝에 호박을 심기로 낙착을 봤습니다. 감옥을 갈 위험도 없는 안전한 식물인 데다가 할로윈 축제 때 내다 팔면 많은 수익금을 올릴 수 있다는 나의 설득에 따른 타협안이었죠. 그러는 동안 우린 제법 친해졌습니다. 그 아이는 이 동네에 이사온 지 얼마 안 되었다고 했죠. 우린 한가로이 이야기를 나누며 씨를 뿌렸습니다. 서늘한 바람이 불어오는 저녁나절이었고 공터에는 우리말고도 몇몇 사람이 남아서 자기 밭을 돌보고 있었지요. 일하는 내내 울새 한 마리가 맑은 소리로 지저귀며 우리 마음을 즐겁게 해주었습니다. 난 문득 생각했죠. '여기가 바로 참 낙원이 아닐까?' 작은 에덴 동산 같은 그런 낙원 말입니다.

성경 말씀에 보면 에덴 동산에는 강이 하나 흐릅니다. 그런데 우리들의 공터에는 물은커녕 끌어다 쓸 수도관 하나 지척에 없습니다. 때문에 사람들은 양동이나 주전자,

페트병에다 물을 길어 날라야 하는 실정입니다. 그 무게라는 게 결코 녹녹지 않다는 건 물을 길어 본 사람이라면 누구나 알 겁니다. 게다가 막 땅 위에 올라온 새싹들은 늘 촉촉한 상태를 유지해 주어야만 하기 때문에 주민들의 고생은 이루 말할 수가 없었지요. 설상가상으로 그해 6월엔 한 달 내내 겨우 나흘 동안만 비가 내렸습니다. 사람들은 끊임없이 불평을 하며 물을 길어야 했습니다. 양손에는 물을 가득 채운 4리터짜리 주전자를 들고, 어느 땐 3, 4블록 떨어진 곳에서부터 거친 숨을 몰아쉬며 등이 휘도록 물을 날랐습니다. 나는 장보기용 작은 수레에 물을 담아 그때그때 지나가는 초등학생들의 도움을 받아 운반했습니다. 그러던 와중에 〈물 부족 해결을 위한 아이디어 콘테스트〉가 떠올랐습니다.

심각한 물 사정 말고도 우리에겐 또 다른 문제가 생겼습니다. 먼저 밭을 일구기 시작한 사람들이 자기 친구나 친척들을 불러모았습니다. 공터는 워낙 컸기 때문에 그들이 나눠 가질 만한 텃밭 자리도 충분히 있었습니다. 그런데도 아는 사람들끼리만 옹기종기 모여 밭 자리를 만드는 현상이 일어났습니다. 너무나도 당연하다는 듯이 말입니다. 일주일 중 공터가 가장 붐비는 날인 어느 토요일, 새순들을 돌보던 나는 허리를 펴기 위해 잠시 몸을 일으켰습니다. 그런데 내 눈앞에 어떤 광경이 펼쳐져 있었는지 아십니까? 몇 사람을 제외하고는 흑인은 흑인끼리, 백인은 백인끼리 공터의 한편씩을 차지하고 있었습니다. 그 나머지 자리에는 중남미와 아시아계 출신 주민들의 밭이 몰려 있었던 겁니다. 이건 완전히 우리 동네의 지도를 축약해 놓은 꼴이었습니다. 따지고 보면 혀를 끌끌 찰 일도 아닙니다. 오리가 낳는 건 새끼오리지 새끼사슴일 리 없는 게 세상 이치인 겁니다. 그렇게 편이 갈린 밭에서 들려오는 언어도 다 제각각이었고 작물들도 독자적이기는 마찬가지였습니다. 밭만 둘러봐도 그게 어느 나라에서 온 주인의 것인지 금방 알 수 있는 지경이 되어 버렸죠. 심지어 한 사내는 자신의 텃밭에 펄럭이는 필리핀 국기를 꽂아두기까지 했습니다.

  쓰레기 문제도 골치 아프긴 마찬가지였습니다. 공터를 둘러싼 아파트의 주민 중에는 여전히 이곳을 '거대한 쓰레기통'으로 간주하는 사람이 꽤 있었습니다. 그래서 아래에 누가 있건 말건 다 마신 맥주 깡통을 창문으로 내던지는 무례한 행위가 사라지지 않았습니다. 습관이라는 게 그래서 무서운 거겠지요. 창문에서 불쑥 손이 나와 재떨이를 비우는 일은 다반사이고 그 밖에도 다양한 종류의 생활 쓰레기가 날아다닙니다. 하루는 지구에 떨어지는 운

석처럼 빈 포도주 병이 날아와 박혔습니다. 근처 밭에 있던 한 사내가 잔뜩 약이 올라 그 병을 집어들고는 다시 그 창문으로 던졌습니다. 1분 동안 긴장되는 침묵이 흐른 후, 이윽고 다섯 개의 빈 병들이 마치 융단 폭격을 하듯 연거푸 떨어져 내렸습니다. 그 다음엔 기관총이라도 갈길 듯한 무시무시한 기세였습니다. 순간 사내를 비롯한 공터의 모든 사람들은 공포로 몸이 얼어붙을 지경이었습니다. 천만다행히도 마지막으로 날아든 것은 욕설투성이의 고함 몇 마디였습니다.

그 외에도 예전의 쓰레기 공터를 못 잊어 하는 또 한 사람이 있었습니다. 버려진 소파에서 잠을 자곤 하던 부랑자인데, 한동안 안 보이다가 어느 날 불쑥 나타나서 자기의 보금자리가 없어진 걸 알고는 주민들이 심어 놓은 작물들을 일부러 망가뜨리기 시작했습니다. 결국 경찰이 오고 한바탕 소란 끝에 그 일은 겨우 마무리 지어졌습니다. 그러나 이미 주민들은 동요하기 시작했습니다. 못 쓰게 된 강낭콩과 토마토 묘목을 보면서 언제 또 불한당 같은 놈이 고이 가꾼 텃밭을 망쳐 놓을지도 모른다는 불안감에 시달리는 것 같았습니다. 그 일이 있었던 주에 누군가가 자기 밭에 1미터 30센티의 높이까지 철사 줄을 빙 둘러쳤습니다. 쪽문과 맹꽁이 자물쇠까지 완벽하게 구비해서 말입니다. 그 다음주에는 나무 판자 울타리가 공터 한가운데 세워졌습니다. 붉은 페인트로 커다랗게 〈출입금지〉라고 쓴 팻말까지 달고 말입니다. 그 다음엔 아예 가시철망으로 중무장한 밭들이 속속 등장하더군요. 참으로 장관이 아닐 수 없었습니다.

  에덴 동산을 만드신 하나님은 인간들의 교만이 하늘을 찔러 바벨탑을 세웠을 때, 그들의 언어를 교란시킴으로써

제 손으로 그 탑을 파괴하게 만드셨습니다. 막 푸르러 가는 우리의 텃밭도 더 이상 낙원이 아닌 바빌론의 탑 아래에 있는 것 같은 느낌이 들어, 나는 오래도록 씁쓸했습니다. 우리는 클리블랜드의 이 삭막하고 비루한 현실 속에 다시 제 발로 돌아온 겁니다.

버질의 기도

VIRGIL

아빠는 늘 웃고 계시지만 머릿속은 다른 생각으로 분주하십니다. 사람들이 몰려와 공터를 깨끗이 치우고 있던 날에도 아빠와 난 그걸 구경하며 거리에 서 있었습니다. 원래 그 곳은 쥐들의 아파트 단지였거든요. 그런데 졸지에 쫓겨나게 된 쥐들이 이리 뛰고 저리 뛰는 통에 나는 그 구경을 실컷 하고 있었어요. 그러다가 저만치서 우리 동네 불량배 둘이 걸어오고 있는 게 보였어요. 그 중 한 명의 바지 위를 쥐 한 마리가 냉큼 올라타는 것도 보였지요. 하하, 그 거들먹거리던 아저씨가 질러대는 비명소리라니요. 마치 생쥐를 보고 호들갑 떠는 만화 속 새침데기 공주님처럼 동네가 떠나가게 난리를 치는 거 있죠, 글쎄! 쥐는 순식간에 바지에서 떨어져 하수구 속으로 쏙 사라졌어요. 그리고 그 불량배 아저씨도 얼굴이 붉으락푸르락해져서 금방 사라져 버렸지요. 나는 그 광경이 너무도 우스워

키득대며 아빠 올려다봤어요. 그런데 아빠 그 야단법석을 하나도 보고 있지 않으셨던 거예요. 고개 한 번 돌리지 않고 말끔히 치워진 공터만 뚫어지게 바라보고 계셨던 거죠. 무슨 생각을 하고 계신 건지 연신 싱글벙글해서 말이에요. '아빠 또 무슨 궁리를 하고 계신 걸까?' 난 정말 궁금했어요.

쥐들이 이사 간 그날 밤, 아빠는 삽 두 자루를 빌리러 마을 반대편 친구 아저씨 댁까지 택시를 몰고 다녀오셨답니다. 우리가 하이티(Haiti)에 살았을 때 아빠는 버스 운전사였어요. 지금은 이곳 클리블랜드의 택시 기사로 일하시죠. 마침 다음날은 학년을 마치는 여름방학 첫날이었어요. 초등학교 5학년짜리 버질과는 영원히 안녕인 거죠. 난 방학 첫날이라 늘어지게 실컷 자기로 맘을 먹었어요. 근데 웬걸요? 해도 안 뜬 새벽에 아빠가 날 흔들어 깨우시는 거예요. 학교는 방학을 했지만 이번엔 텃밭이 개학을 한 거지 뭐예요.

우리는 우선 쓸 만한 땅을 골라 보았어요. 흙들은 딱딱하게 굳어 있어서 나 같은 어린이의 삽질로는 꿈쩍도 하지 않았어요. 그래서 나는 스카이 콩콩을 타는 것처럼 삽 위에 매달려 깡충대야 했죠. 그렇게 공터 이곳 저곳을 삽으로 '찔러' 본 아빠와 나는 드디어 마음에 드는 한 곳을 정하게 되었어요. 모이를 쪼아먹는 새처럼 종종걸음으로 그 곳에 박혀 있는 유리조각들을 골라냈어요. 그리고 땅을 갈아엎었어요. 온갖 잡동사니들이 다시 쏟아져 나왔지요. 건전지나 나사못, 벽돌 조각 같은 것들이 땅 속에 엄청나게 숨어 있었어요. 그것들을 골라내다가 난 우연히 하트 모양의 펜던트를 발견했어요. 녹이 잔뜩 슬고 목걸이 줄은 끊어진 채였지요. 하트 안을 열어 보니 내 또래 여자아이의 사진이 조그맣게 들어 있었어요. 무척 오래된 사진 같았는데 슬퍼 보이는 얼굴의 백인 여자아이였어요. 머리에는 꽃으로 장식한 예쁜 모자까지 쓰고 그 아인 왜 그런 표정을 하고 있는 걸까요? 아무튼 나는 그 펜던트를 호주머니 안에 넣었어요. 왜 버리지 않고 그랬는지는 나도 잘 모르겠어요.

그리고 오랜 시간을 매달려 마침내 터를 닦는 데 성공했어요. 아빠와 난 지칠 대로 지쳐서 잠시 휴식시간을 가졌어요. 이윽고 아빠가 내게 물으셨어요.

"준비 됐니?"

난 드디어 씨앗을 뿌릴 차례인가 보다. 생각하고 기운차게 고갤 끄덕였어요. 그런데 아빤 그 옆자리 땅을 가리키며 말씀하시는 거였어요.

"자, 다시 시작이다."

맙소사! 우린 다시 처음부터 일을 시작했어요. 쉴 새 없이 오고 가며, 또 온갖 잡동사니들이 모래알처럼 박혀 있는 흙을 고르고 또 고르면서요. 그렇게 우리가 닦은 텃밭 자리는 무려 여섯 군데나 되었답니다. 아빤 취미 삼아 돌보는 작은 텃밭 따위로는 만족하실 수 없었던 거였어요.

"아빠, 이건 완전히 농장이에요!"

난 어이가 없어서 아빠에게 말했죠. 아빤 다시금 흐뭇한 혼자 웃음을 지으시며 대답하셨어요.

"암, 농장이고말고. 이 정도 땅은 부쳐야 돈이 나오든 말든 하지."

사실 난 아빠를 도와 흙을 고르는 동안, 우리 밭이 만들어지면 강낭콩을 조금 키워보고 싶다는 생각을 혼자 했어요. 언젠가 강낭콩 씨앗 봉지를 슈퍼에서 본 적이 있는데 그렇게 근사할 수가 없었거든요. 그 봉지 앞면에는 농부 아저씨가 사다리 끝에 올라서서 잘 자란 강낭콩 덩굴을 붙잡고 활짝 웃고 있는 사진이 붙어 있었어요. 그 강낭콩은 어릴 적 읽은 〈재크와 콩나무〉처럼 무척 키가 컸어요. 나도 그런 멋진 덩굴을 가져보고 싶었던 거예요. 그런데 아빠 강낭콩은 안 된다고 한마디로 딱 잘라 말씀하셨어요. 아빠는 오로지 아기 양상추를 심을 작정이셨어요. 왜냐하면 택시 승객 중 한 사람이 아빠에게 그걸 적극 추천했기 때문이지요. 잘만 키우면 고급 레스토랑에서 몽땅 사들일 거라나요. 주로 부자들이 좋아하는 샐러드에 쓰이는데 신선도만 유지하면 부르는 게 값이라는 거예요. 아빠 벌써 돈을 손에 쥔 것처럼 싱글벙글하시며 계획까지 다 세워 놓으셨어요. 밭에서 바로 뽑은 아기 양상추를 택시로 날라다가 레스토랑에 직접 파는 계획 말이에요. 빨간 불이고 뭐고 교통 신호는 다 무시하면서 그야말로 '총

알 택시'로 돌변하여 거리를 질주할 아빠의 모습이 눈앞에 절로 그려졌어요.

 어쨌든 아빠의 결정이시니, 우린 많은 양의 양상추 씨앗을 사들고 다시 밭으로 왔어요. 처음 보는 양상추 씨앗은 생각보다 훨씬 잘았어요. 난 이렇게 작은 씨앗들을 광장 같은 밭에 뿌리면서 우리 밭이 너무 넓은 게 부끄러워 죽을 지경이었어요. 아무도 우리만큼 땅을 많이 차지한 사람은 없었어요. 우리 것이 남들의 네 배는 족히 넘어 보였어요. 다른 사람들이 흉볼까 봐 마음 졸이며 끝없이 늘어선 밭고랑에 씨앗을 뿌리고 있는데 불쑥 프렉 선생님의 모습이 보였어요. 학교에서와는 달리 청바지 차림이시라 얼른 알아보진 못했어요. 초등학교 3학년 때 나의 담임이기도 하셨던 그분은 오하이오 주 전체에서 가장 무서운 선생님으로 통하세요. 특히 발음에 관한 한 완벽주의자이

셔서 선생님 앞에서 조금이라도 우물거리거나 대충 넘어가면 당장 불호령이 떨어집니다. 여자인데도 키가 훤칠하게 크고 체격도 좋은 데다가 피부는 우리 아빠보다 훨씬 검습니다. 한마디로 다른 사람을 압도하는 구석을 가지고 계신 분이죠. 게다가 수업 시간 중에 꾸부정하게 앉아 있거나 예의에 어긋나는 행동을 하는 건 절대 용납하지 않으세요. 그래서 반 아이들은 수업 내내 숨 한번 제대로 못 쉬고 앉아 있곤 했어요. 심지어는 다른 선생님들도 프렉 선생님을 무서워하는 것 같아 보였으니, 말 다했죠. 그런 무시무시한 선생님이 성큼성큼 우리 밭 쪽으로 걸어오셨습니다. 막 씨앗 심기가 끝난 무렵이었어요.

"음, 버질이었구나, 난 또 누구라고."

그리고는 우리 텃밭을 둘러본 뒤 말을 덧붙이셨어요.

"그런데, 참 어마어마한 규모로구나. 농장이라도 차린

거니?"

 정곡을 찌르는 말을 그것도 하필 프렉 선생님께 들어야 하다니! 쥐구멍에라도 들어가고 싶은 심정으로 나는 발아래 나무 막대기들을 쳐다봤어요. 씨 뿌리기 직전에 아빠와 난 밭 둘레를 돌아가며 막대기를 꽂고 그 사이사이를 끈으로 묶어 놨어요. 그렇게 해서 밭을 모두 여섯 등분으로 나눠놨지요. 난 시키는 대로 일은 했지만 왜 그렇게 했는지 알지는 못했어요. 아빠가 선생님께 다가와 설명하시기 전까지는 말이에요.

 "실은 그게 말입니다, 선생님. 요기, 요 끄트머리만 저희 밭입니다."

 아빤 한껏 미소를 머금고 말씀하셨어요. 다행히도 아빤 선생님을 기억하고 계셨어요.

 "나머지는 연장이 없거나 너무 멀어서 매일 올 수 없는 친척들 거예요. 여간 부탁을 해야 말이지요."

"아, 그런 거였군요."

프렉 선생님이 고갤 끄덕였어요.

"그럼요, 선생님. 자, 보세요."

아빠는 신이 나서 제일 가까이에 있는 텃밭을 가리키셨어요.

"이쪽은 제 동생 앙투완 거구요, 또 이쪽은 우리 마리 숙모님 겁니다."

나도 모르게 내 눈이 휘둥그래졌어요..

'그분들은 모두 하이티에 계시는데 아빤 지금 무슨 얘길 하고 계신 거지?'

아빠를 올려다보았더니 아빤 여전히 미소를 머금고 계셨어요. 계속해서 조금 더 먼 곳을 가리키며 말씀하셨죠.

"저건 필립 삼촌 거고요."

그분은 지금 뉴욕에 살고 계셔요.

"저기 저건 버질의 외할아버지 겁니다."

우리 외할아버지는 돌아가신 지 오랜 걸요.

"그리고 마지막으로 저건 저 애 이모 밭이죠."

엄마는 외동딸이에요. 내게 이모 따윈 없죠. 난 여전히 웃고 있는 아빠의 얼굴을 너무 놀라서 바라보았어요. 이렇게 멀쩡한 얼굴로 거짓말을 늘어놓는 어른은 내 생에 처음이었거든요.

"그분들은 밭에다 뭘 심어 달라고 부탁하시던가요?"

선생님이 물으셨어요.

"양상추죠. 보시다시피."

아빠 덧붙였어요.

"모두가 다 양상추를 원하던데요."

"우연치고는 기막히군요."

혼자말처럼 중얼거린 다음 한동안 우리 텃밭을 내려다보시던 선생님은 이윽고 건너편 밭으로 되돌아가셨어요. 그분은 아빠의 말을 믿고 있지 않는 게 분명했어요. 만약 이 양상추 밭에 교무실이 있었다면 아빠는 틀림없이 선생님께 불려가서 흠씬 야단을 맞았을 거예요. 그렇지만 어쩌겠어요? 여긴 허허벌판인 걸요.

 어쨌든 양상추 씨앗과 함께 거짓말도 듬뿍 뿌린 밭을 아빠와 나는 열심히 돌봤습니다. 마치 새로 태어난 아기를 돌보듯 그렇게 말이에요(이 아기들의 엄마는 물론 나, 버질이지요). 야간 근무로 아빠가 집에 못 들어오시는 날 아침이면 밭에 물을 주러 내가 가곤 했어요. 그런데 어찌된 셈인지 내 아기들은 세상 밖으로 고갤 내밀 생각을 안 하는 거였어요. 씨 뿌린 지 일주일이 지나면 싹이 나온다던데 말이에요. 아빠도 그 이유는 모르시는 것 같았어요. 우리 가족은 사실 농사일에 젬병이거든요.

어느 날 아침, 그날도 물을 주고 있는데 하얀 밀짚모자를 쓰고 얼굴은 주름투성이인 낯선 할아버지 한 분이 우리 밭으로 다가오셨어요. 그리고는 나의 물 주는 모양새에 대해 뭔가를 설명하려고 애쓰셨어요. 영어는 분명히 아니고, 학교에서도 배운 적이 없는 외국어라 난 도저히 무슨 얘긴지 알 수가 없었어요. 그러다 마침내 싹이 나왔을 때 난 할아버지가 무얼 설명하려 하셨는지 감을 잡을 수 있었어요. 나의 물 주는 방식이 좋지 않았던 거였어요. 살살 조금씩 뿌려 줘야 했는데 흠뻑 주겠다고 마구 뿌려서 그만 씨앗들이 물살에 쓸려간 거예요.

한 줄에 겨우 몇 개씩만 듬성듬성 싹이 올라온 아기 양상추들을 보는 게 속상했지만 곧 잊기로 했어요. 올라와 준 것만으로도 고마운걸요. 얘네들만이라도 잘 키우면 되지, 뭐 하며 내 자신을 애써 위로했답니다. 그런데 그 일도 쉽진 않았어요. 싹이 트자마자 곧바로 시들기 시작하는데 정신이 하나도 없었어요. 하루 종일 우유 달라고 울어대는 아기와 똑같아서 매일매일 죽을둥살둥 물을 길어다 날라야 했어요. 덕분에 내 꼬락서니는 말이 아니었지요. 할머니들이나 끌고 다니는 낡은 수레 안에 물을 가득 싣고 돌아다닐 때는 정말 창피했어요. 그렇게 물과 씨름하는 사이에 어느덧 더위가 기승을 부리기 시작했어요. 잎들이 다시 빠른 속도로 시들어 갔어요. 남은 것들도 누렇게 죽어 가고 있었어요. 그 동안 내가 들인 정성도 소용없었어요.

그걸 보게 된 아빠는 거의 울상이 되어 버리셨어요.

"내 아기 양상추! 내 아기 양상추!"

실성한 사람처럼 넓은 밭 언저리에서 울부짖으시다가

그날부터 틈만 나면 당장 밭으로 달려오셨어요. 아빠의 차 뒷좌석엔 손님 대신 20리터짜리 거대한 물통이 두 개나 실려 있었답니다. 그런데 이번엔 또 상추 벌레들의 습격이 시작되었어요. 이파리란 이파리는 모두 갉아먹어서 그나마 살아남은 아기 양상추들을 너덜너덜 걸레로 만들었어요. 내가 생각해도 우리 양상추를 사갈 레스토랑은 단 한 군데도 없었어요. 레스토랑은커녕 우리 집 식탁에도 올리고 싶지 않았어요. 방학 첫날, 텃밭에 나를 데려가신 아빠는 이 양상추들로 돈을 많이 벌면 멋진 자전거를 사주겠다고 약속하셨어요. 난 그것만 고대했죠. 벌써 친구들에게도 다 자랑을 해놨는데……

 아빠는 어떻게 해야 할지 몰라 택시를 타는 모든 손님들에게 또다시 자문을 구하셨어요. 아빠의 택시는 아빠의 움직이는 '무엇이든 물어보세요' 코너인 셈이죠. 그 중

한 사람 얘기가 양상추는 봄이나 가을이 적기라는 거예요. 여름엔 키울 수 없는 작물이라는 거죠. 그 소식을 전해 주실 때 아빠는 침통한 표정이셨어요. 겸연쩍거나 할 말이 없으실 때, 혹은 딴 생각에 열중하실 때 으레 짓게 마련인 웃음 따윈 보이지 않으셨어요. 난 믿을 수가 없었어요. 너무 화가 나서 밖으로 나와 버렸어요. 반짝반짝 빛나는 새 자전거가 저만치 달아나 버리는 게 보였어요. 어떻게 아빠 그럴 수 있죠? 내가 거짓말이나 실수를 하면 가차없이 혼내시면서 정작 아빠 두 가지 모두를 한꺼번에 저지르신 거예요. 아빠 말만 믿고 여름방학 내내 열심히 일했는데 이게 뭐냔 말이에요. 아빠 바보, 거짓말쟁이, 욕심쟁이…… 내가 좋아하는 강낭콩은 한 포기도 못 심게 하고선 어떻게 일을 이렇게 망쳐 놓으실 수 있는 거죠?……
그러다가 아빠가 조금 가엾게 느껴졌어요.

그날 밤에 오랜만에 하트 모양의 펜던트를 꺼내 찬찬히 들여다봤어요. 그러고 보니 사진 속의 소녀는 언젠가 본 대지와 수확의 여신을 닮아 있었어요. 지난 학기에 그리스 신화를 공부할 때 봤던 그림 속의 그 여신을 말이지요. 어딘가 슬픈 표정도 그렇고, 꽃들에 둘러싸인 것도 그렇고…… 난 수세미로 녹슨 표면을 조심스럽게 닦아낸 다음 윤이 나게 문질렀어요. 그리고 펜던트를 열었어요. 이번엔 세워 놓을 수 있게 양쪽을 조금만 벌려서요. 침대 머리맡에 그걸 세워놓고 소녀를 향해 간절히 기도했어요.

"우리 아기 양상추들을 지켜 줘, 부디."

세영의 정원

SAE YOUNG

내가 어렸을 적에 우리 집은 늘 사람들로 북적댔습니다. 그도 그럴 것이 우리 다섯 자매에겐 친구들이 많았거든요. 우린 언제나 사람들과 어울려 지내는 걸 좋아했습니다. 결혼을 하고는 우리 부부만 한국을 떠나 미국으로 왔습니다. 우리는 살고 있는 데서 멀지 않은 곳에 세탁소를 하나 구입했지요. 아무래도 식당 경영보다는 세탁소가 낫지 않을까 싶었습니다. 영어를 많이 쓸 필요도 없고 일주일 중 하루는 푹 쉴 수 있으니까요. 우린 아침 일곱 시부터 저녁 일곱 시까지 꼬박 일을 했습니다. 난 밤에는 옷 수선도 도맡아했지요. 앞으로 태어날 아이들을 위해 우린 저축도 열심히 했어요. 그 아이들이 대학을 나와 우리보다 안락한 삶을 살 수 있도록 대학 등록금도 미리미리 마련해 놨답니다. 모든 걸 너무 서두른 탓일까요? 아이는 생기지 않았습니다. 우리 두 사람 모두 간절히 바랐지만 말입니다.

　그러던 어느 날 갑자기 남편이 세상을 등지고 말았습니다. 심장발작이었죠. 그의 나이 겨우 서른 일곱인 해였습니다. 친구 몇을 제외하곤 이 넓은 땅에 정말 나 혼자였습니다. 그래도 살아야겠기에 아르바이트 여학생 한 명을 고용하여 그럭저럭 가게를 꾸려 나갔습니다. 슬픔도 시간에 묻혀 조금씩 색이 엷어져 가던 어느 날 오후였습니다. 아르바이트생이 퇴근한 직후 한 남자가 드라이 클리닝할 코트 한 벌을 들고 들어왔습니다. 그런데 그 안에 총을 한 자루 숨겼더군요. 카운터에서 돈을 꺼낸 그는 나를 밀어 바닥에 쓰러뜨리고는 욕설을 퍼부었습니다. 그리고는 구둣발로 내 얼굴을 걷어찼습니다. 광대뼈가 부러졌습니다. 그래도 계속해서 걷어차는 바람에 나는 벽에 머리를 세게 부딪치고 의식을 잃고 말았습니다.

그 일이 있은 후 나는 더 이상 사람들과 어울리는 걸 좋아하지 않게 되었습니다. 사람이 무섭고 싫었습니다. 두 달 동안 문 밖 출입을 안 한 적도 있습니다. 나를 도와주는 이웃들이 대신 사다주는 생필품으로 버티며 방안에만 틀어박혀 있었습니다. 친구들이 찾아와 문을 두드려도 열어주지 않았습니다. 모든 게 다 귀찮고 싫었습니다. 세탁소도 믿을 만한 한국 교포 청년에게 떠맡기고 그 곳엔 아예 들르지도 않았습니다. 아니, 갈 엄두가 나질 않았다는 게 더 정확한 표현일 겁니다. 그 곳까지 가려면 사람들과 뒤섞여 거리를 걸어야 하는데 그건 내게 너무 끔찍스러운 일이니까요.

  그 일이 일어난 게 벌써 2년 전인데 이제서야 조금씩 나아지고 있습니다. 볼일만 보고 서둘러 돌아오는 것이긴 해도 이젠 동네 슈퍼에도 갈 수 있게 되었습니다. 점점 갔다 오는 속도도 느긋해지고, 서서히 마음의 안정을 찾아가게 되었습니다. 그래도 여전히 무섭고 외롭습니다.

 그러던 어느 날 그 곳을 지나게 되었습니다. 그 동안 마을에 못 보던 녹지대가 생겼더군요. 동양 여자아이 하나가 탐스럽게 열린 강낭콩을 바구니에 따 담고 있었어요. 옥수수가 심어진 밭에는 남자와 여자 둘이 밭고랑을 사이에 두고 이야길 나누고 있었어요. 남자는 건너편 여자에게 자기 아내로부터 곡괭이를 생일선물로 받았다며 자랑하는 것 같았어요. 두런두런 들려오는 이야기를 듣고 있자니 불현듯 다시 사람들과 어울려 지내고 싶다는 생각이 들었어요. 그래서 다음날부터 나는 그 곳에 작은 텃밭을 갖게 되었습니다. 아무도 내게 말을 걸어오는 사람은 없었지만 그것만으로도 충분했어요. 흙을 돌볼 줄 아는 선량한 사람들 틈에 섞여 있자니 마치 한겨울, 화롯불 가에 앉아 있는 것처럼 마음이 훈훈해졌거든요.

어느덧 여름이 왔습니다. 클리블랜드의 7월은 매우 덥고 습기가 많죠. 대부분의 텃밭 사람들은 아침 일찍이거나 일을 마친 저녁나절, 하루 중 제일 서늘한 시간에 이곳을 찾습니다. 그리고는 묵묵히 일을 합니다. 물을 주거나 잡초를 뽑는 일이지요. 그렇게 서로 아무 얘기도 나누지 않지만 온 사방 가득 일하는 사람들이 내는 소리는 마치 다정한 말소리 같습니다. 나는 그들이 내는 호미질 소리, 물 주는 소리에 귀 기울이며 고요한 마음이 되곤 합니다. 그들의 친구들도 간혹 찾아와 농작물을 둘러보며 감탄사를 연발하기도 하는데 그런 소릴 들으며 밭일을 하는 것은 즐겁습니다. 그리고 내가 안전한 곳에 있는 듯해서 안심이 됩니다. 하루는 어떤 노인이 내게 다가와 고추에 관해 이것저것 물었습니다. 한국에서의 경험을 살려 나는 매운 고추를 기르고 있었거든요. 누군가 내게 말을 건넨 게 참으로 오랜만의 일이었습니다. 너무 기뻐서 말이 잘 안 나올 지경이었습니다.

그는 '텃밭의 마당발' 샘 할아버지였습니다. 미국에서 나고 자란 백인으로 누구에게나 먼저 인사하고 말을 거는 탓에 생긴 별명입니다. 고령의 노인임에도 불구하고 사람들과 토론하고 아이디어 내는 것을 좋아하는 것 같았습니다. 〈물 부족 해결을 위한 아이디어 콘테스트〉도 그의 머리에서 나왔습니다.

"어른들은 도무지 불평만 늘어놓고 문제 해결을 하려 하지 않는군요. 우리, 아이들에게 방법을 물어봅시다."

그렇게 해서 그는 상금 20달러를 걸고 대회를 개최했습니다. 12살 이하의 어린이는 누구나 참가할 수 있으며, 그 중 가장 훌륭한 아이디어가 채택되는 겁니다. 그는 그런

내용의 벽보를 써서 마을 사람들이 많이 지나다니는 길목에 붙여 놓았습니다. 대회까지는 1주일이 남았습니다. 방학을 맞은 아이들은 길거리를 어슬렁대다가 그 벽보를 보고 친구들에게도 알려 주었습니다.

마침내 대회가 열리는 토요일, 많은 아이들이 저마다 아이디어를 가지고 공터에 모였습니다. 샘 할아버지는 나무상자를 가져와 대회에 출전한 아이들에게 건네며 말했습니다.

"이 위에 순서대로 올라가서 각자의 아이디어를 큰소리로 발표해 봐라."

어른들도 모여 아이들의 목소리에 귀 기울였습니다. 텃밭을 둘러싸고 있는 아파트에 사는 소녀가 맨 처음 상자 위에 올라갔습니다.

"물통이나 주전자를 밧줄에 매달아 올려 주면 내가 물

을 채워서 내려보낼게요."

말이 끝나기가 무섭게 청중 속에 끼여 있던 그 애 엄마가 고함을 꽥 질렀습니다.

"말도 안 돼! 물 값은 누가 다 내라고!"

공터 안은 웃음바다가 되어 버렸습니다. 소녀가 얼굴이 빨개져서 내려간 다음에 올라온 소년은 이런 제안을 했습니다.

"소화전 물을 사용하면 어떨까요?"

또 다른 아이는 고무호스로 에리 호수의 물을 끌어다 쓰자고 발표했습니다. 그 밖에도 다양한 아이디어가 쏟아져 나왔습니다. 샘은 각 아이디어마다 실제로 드는 경비와 효율성에 대해 하나하나 설명했습니다.

드디어 귀가 번쩍 뜨이는 제안이 나왔습니다. 마지막으로 출전한 어린 흑인 소녀의 아이디어였는데 텃밭을 둘러싸고 있는 아파트 홈통을 타고 흘러내리는 빗물을 모아 쓰자는 것이었습니다. 모여 있던 우리들은 일제히 아파트 벽면을 쳐다봤습니다. 과연 홈통이 벽면을 따라 각기 세 개 설치되어 있었습니다. 아랫부분만 떼어내어 물받이와 연결하면 훌륭한 농업용수가 만들어지는 겁니다. 모두 박수를 쳤습니다. 상금은 당연히 그 소녀에게 돌아갔고요. 그리고 우리들은 물받이통 살 돈을 얼마씩 추렴했습니다.

다음날에는 마침 장대비가 왔습니다. 비가 그치자마자 텃밭에 가 보았는데 물받이통에는 빗물이 가득 고여 있었지요. 그 흑인소녀도 와 있었습니다. 무척 자랑스런 표정으로 물통을 들여다보고 있더군요. 누군가 낡은 냄비 세 개를 바가지용으로 가져왔습니다. 그런데 주둥이가 좁은 페트병 같은 데는 덜어 담기가 영 불편했습니다. 나는 서둘러 가게로 가서 깔때기를 사 들고는 다시 공터로 향했습니다. 그걸 사용하면 물을 퍼 담기가 한결 수월할 것 같았기 때문입니다. 그날 내가 산 깔때기로 물을 담는 많은 사람들을 보았습니다. 그 광경을 보고 있자니 나의 마음 깊은 곳에 따뜻하게 스며드는 무엇인가가 있었습니다. 나는 그 느낌을 간직하기 위해 오래도록 그들 틈에 서 있었습니다.

커티스의 빨간 신호등

CURTIS

내 우람한 어깨 삼두박근 좀 보십시오. 가슴과 넓적다리에 솟은 사두박근도 놓치지 마시기 바랍니다. 이런 근사한 몸매는 아무나 타고 나는 게 아닙니다. 물론 우리 집 바로 위층에 있는 헬스클럽 덕도 톡톡히 보긴 했지만 말이에요. 친구들은 나를 '람보' 혹은 '미스터 USA'라고 부르곤 합니다. 난 그 별명이 아주 맘에 들었죠. 래티샤가 날 차버리기 전까지는 말입니다. 우린 정말 잘 어울리는 한 쌍이었습니다. 그녀는 나보다 두 살이 많은데, 그래서 그런지 결혼이나 시골에 집 짓고 사는 얘기 따위를 즐겨 했습니다.

"내 꿈은 미시간에 있는 우리 숙모네 같은 시골집에서 사는 거야. 찬장에 사과잼이 가득 들어 있고, 마당에 아이들이 뛰어 노는 그런 집 말이야."

난 그저 귓등으로 그런 얘기들을 흘려듣곤 했습니다.

그때 난 한창 피가 끓는 스물 셋의 청춘이었거든요. 내 멋진 몸을 보고 따라붙는 여자 애들도 어찌나 많았는지, 그런 하품 나는 얘기를 귀담아 듣기엔 신경 써야 할 일이 너무 많았답니다. 그 여자애들 중에는 착 달라붙어 잘 떨어지지 않는 애도 있었거든요. 결국 그 사실을 알게 된 래티샤는 마치 따귀라도 갈기듯 내 눈앞에서 세차게 문을 닫고 나가 버렸습니다. 어찌나 세게 닫았던지 페인트칠이 벗겨져 마루에 우수수 떨어질 정도였다니까요.

  그런데 그땐 미처 몰랐습니다. 내가 뭘 잃어버렸는지를 말입니다. 그녀가 떠나고 한참 후에야 그녀의 소중함을 깨달았습니다. 어쨌든 벌써 5년이나 지난 얘기지만 이제야 비로소 난 그녀를 다시 찾아 나섰습니다. 지금껏 빈둥거리던 건달 짓도 청산했습니다. 그때 그녀가 원했던 것처럼 나 또한 진지하게 내 인생의 동반자를 찾고 싶어진 겁니다. 그래서 지난 5월 신시내티에서 돌아온 첫날, 그녀의 오빠에게 달려갔습니다. 그리고 그녀가 지금 어떻게 살고 있는지 가르쳐 달라고 했죠. 다행히도 그녀는 아직 독신이라고 했습니다. 집도 예전에 내가 알고 있던 그 아파트라고 하더군요. 한걸음에 달려갔습니다. 그러나 그녀는 문도 열어주지 않았습니다. 아무 말도 들으려 하지 않더군요. 두 번 더 찾아갔지만 마찬가지였습니다. 말 한마디 붙일 기회도 주지 않았습니다.

'그렇다면 행동으로 내 마음을 보여줄 수밖에 도리가 없군'

나는 이렇게 생각했습니다.

그녀의 아파트는 이제는 커다란 정원으로 변해 버린 공터의 정면에 있습니다. 나는 그녀의 창문에서 잘 보이는 길가 쪽 땅에 새끼줄을 둘러쳐 밭을 조그맣게 만들었습니다. 그리고 플라스틱 모판에 심어진 어린 토마토 묘목을 여섯 판 사 가지고 돌아왔습니다. 래티샤는 토마토를 굉장히 좋아했습니다. 두툼하게 썬 토마토 한 조각만 달랑 올려놓은 빵을 세상에서 제일 맛있는 샌드위치라며 내게도 즐겨 권했습니다.

"먹어봐, 커티스. 정말 맛있어."

그리고는 마치 사과라도 되는 것처럼 한 입씩 베어 물고는 행복한 표정으로 그 맛을 음미하곤 했습니다. 그럴 때면 또 숙모네 정원에서 갓 딴 토마토로 샌드위치를 만들어 먹던 어린 시절 얘기도 빼놓지 않았습니다.

"그 맛은 정말 잊을 수 없어. 슈퍼에서 사다 먹는 것보다 백 배는 더 맛있어. 한 입 가득 베어 물었을 때 입안에 확 퍼지는 그 싱그러운 향기는 먹어 본 사람만이 알거야. 나도 언젠가 그런 토마토를 내 집 마당에 키워 보고 싶어."

 그녀는 틀림없이 내가 그 모든 걸 다 잊어버렸다고 생각할 겁니다. 그렇지 않다는 걸 보여주기 위해서, 함께 한 추억을 간직한 채 이렇게 간절히 그녀를 기다리고 있음을 알려 주기 위해서, 나는 그녀의 집 앞에 토마토를 심었습니다. 내가 고른 건 비프스테이크용 토마토 묘목이었습니다. 자라서 커다랗고 새빨간 열매들이 가지마다 주렁주렁 열려 있는 그 모습은 꼭 거리의 신호등 같을 겁니다. 잘 자라서 그녀의 방 창문을 향해 번쩍번쩍 붉은 신호를 보낼 토마토를 상상하면 무척 즐거웠습니다. 머리털 나고 처음 해보는 일이었지만 하다 보니 퍽 재미있었습니다.

 하루가 다르게 토마토 묘목들은 쑥쑥 자랐습니다. 첫 번째 꽃눈이 생기고 곧 노란 꽃들이 피어났습니다. 그 다음엔 그 자리에 구슬만한 토마토들이 달리기 시작했습니다. 이 무렵 밀짚모자를 쓴 이빨이 다 빠진 노인이 내 밭으로 와서 나무 막대기에 줄기를 엮는 방법을 가르쳐 주었습니다. 또 토마토가 걸릴 수 있는 각종 병에 대해 귀띔해 주는 이들도 있었습니다. 그 얘길 듣자 걱정이 되기 시작했습니다.

'만약 내 토마토가 시들어 버리면 어쩌지? 말라죽는 병에라도 걸리면 그런 낭패가 어디 있겠어?'

이것들을 반드시 잘 키워서 그녀에게 내 마음의 붉은 신호를 날려 보내야 할텐데 말입니다.

매일 퇴근 후에 곧장 밭으로 달려갔습니다. 잎사귀 하나하나를 주의 깊게 살펴보면서 벌레도 잡아내고 시든 잎도 뽑아주며 온 정성을 다했습니다. 사람들의 충고대로 '토마토 푸드'라는 비료도 듬뿍 주었습니다. 초록색 작은 구슬만하던 토마토는 내 정성 탓인지 별 말썽 없이 커 주었습니다. 점점 오렌지색으로 변하더니 마침내 빨간색으로 익어가기 시작했습니다. 나는 그녀가 이 모든 과정을 지켜봐 주길 바라며 밭일 틈틈이 창문을 올려다보는 일도 게을리하지 않았습니다. 그러나 그녀 대신 나를 내려다보는 건 대낮부터 술에 취해 있기 일쑤인 동네 건달 녀석들 뿐이었습니다. 그녀의 아파트 아래층에는 술 가게가 문을 열었건 닫았건 좌우간 술병을 입에 달고 사는 그런 한심한 부류의 녀석들이 떼로 몰려 살고 있었습니다. 녀석들은 하루 종일 창가에 붙어 서서 혀 꼬부라진 소리로,

"어이, 깜씨. 주인마님 농장의 토마토는 잘 되어 가고 있나?"

이런 따위의 너저분한 말을 늘어놓곤 합니다. 난 단 한 방에 녀석들의 머리를 날려 찍소리도 못하게 할 수도 있었지만 잠자코 일만 했습니다. 토마토를 통해 그녀에게

보여 주고 싶은 건 바로 그렇게 변화된 내 모습이었던 겁니다. 내 근육질 몸매가 단지 주정뱅이 놈들과 싸움이나 일삼으며 인생을 허비하는, 그런 사내임을 표시하는 것이 아니라는 걸 래티샤에게 보여 주고 싶었습니다. 헬스클럽에서 몸 만드는 일도 그만두었고 아무리 더운 날씨라도 속옷 바람으로 돌아다니는 따위의 일은 더 이상 하지 않게 되었습니다. 밭에서 일할 때 간혹 지나가던 골빈 계집애가,

"정말 근사한 걸?"

하며 내게 수작을 부려와도 짐짓 시치미를 떼고 가장 큰 토마토를 가리키며 이렇게 말합니다.

"그렇지? 다 내가 키운 거라고."

친구 녀석들은 밭일에 매달려 사는 나를 보며 비웃습니다. 이젠 더 이상 '미스터 USA'라고 불러주지도 않고 대

신 '미스터 토마토'라고 놀립니다. 그렇지만 난 아무렇지도 않습니다. 이제 그런 것들은 내게 아무 의미가 없으니까요.

　어느덧 토마토는 당구공만하게 커졌습니다. 이렇게만 자라준다면 별 탈 없이 나의 신호등 노릇을 잘해 줄 것 같았습니다. 그러던 어느 날 내가 가장 아끼던 제일 큰 토마토 한 개가 없어졌습니다. 그 다음날에 또 다른 한 개가 사라졌습니다. 그건 벌레들의 소행이 아니었습니다. 누군가 몰상식한 인간이 훔쳐간 것이었습니다. 난 너무 화가 났습니다. 다 익지도 않은 남의 걸 도둑질해 가다니! 토마토 밭이 인도 옆에 붙어 있어서 이런 일은 한두 번으로 끝날 것 같지 않았습니다. 어쩌면 한 알갱이도 남지 않고 몽땅 도둑 맞을지도 모를 일이었습니다. 나는 당장 철사 줄을 사다가 밭 주변에 둘러쳤습니다. 위에도 거미줄처럼 촘촘히 망을 쳤습니다. 그렇지만 누군가가 맘만 먹으면 손을 뻗어 열매를 딸 수 있는 상황은 여전했습니다. 그렇다고 밤이고 낮이고 토마토만 지키고 있을 수는 없는 노릇이었습니다. 참으로 난감해 하던 차에 마침 로이스가 나타났습니다.

 땅에 빵 부스러기를 떨어뜨리면 어디서든 새들이 몰려오는 법입니다. 밭도 마찬가지인지 어디에서 왔는지도 알 수 없는 별의별 인간들이 밭 주위로 모여들었습니다. 로이스도 그 중 한 명이었죠. 다만 그 앤 자기가 그 곳을 드나드는 걸 사람들이 모르게 낮에는 모습을 드러내지 않았습니다. 아무도 없는 밤에 슬쩍 와서 밭 주인들이 쌓아놓은 풀 더미에서 잠을 자다가 이른 새벽에 사라지는 겁니다. 어느날 아침 그 애를 발견한 건 순전히 그 애가 늦잠을 잤기 때문이었습니다. 열 다섯 살짜리 흑인 소년인 그 애는 그 시절의 나처럼 체격이 건장했습니다. 처음 그 애를 본 날, 얼굴이 퉁퉁 부어 있었는데 이유를 묻자 아버지에게 두들겨 맞고 쫓겨났다는 것이었습니다.

"다시는 집으로 돌아가고 싶지 않아요."

내가 사주는 아침밥을 먹으며 로이스는 볼멘소리로 말했습니다. 그래서 나는 아르바이트 하나를 제안했습니다.

우선 푹신푹신한 새 침낭을 그 애에게 사주고 일주일치 식비도 건넸습니다. 토마토 밭 가까이에 잠자리도 마련해 주었습니다. 옥수수 잎이 시야를 가리는 아늑한 데라 경찰이나 다른 사람들의 방해를 받지 않고 잠도 푹 잘 수 있는 곳이었습니다. 그 다음에는 농기구 상점에서 건초용 갈퀴를 사다가 그 애의 손에 쥐어줬습니다.

"어떤 놈이든 내 토마토에 손을 대려 하면 이걸로 겁을 줘서 쫓아버려. 알았지, 로이스?"

그 애는 고개를 끄덕였습니다.

자, 이것으로 나의 토마토를 안전하게 지킬 수 있게 되었습니다. 빨간 신호등이 되어 래티샤의 창문을 밝혀 줄 그날까지 말입니다. 나는 로이스가 없는 낮 동안에도 안심할 수 있게 '래티샤의 토마토'라고 크게 쓴 팻말을 밭머리에 세워 놓았습니다. 그것도 사람들이 잘 볼 수 있도록 거리와 정면으로 마주보게 말입니다. 사람 심리라는 게, 같은 것이라도 정부나 시 소유의 것보다 개인 소유의 것을 훨씬 더 어려워하고 덜 집어가는 경향이 있다는 효과를 노린 일종의 '실명제' 작전인 셈입니다.

팻말을 단단하게 고정시켜 놓은 다음, 나는 밭에 줄 물을 뜨러 잠시 자리를 비웠습니다. 돌아오는 길에 버릇처럼 래티샤의 창문을 올려다보았습니다. 그런데 그 곳에 그녀가 있었습니다. 레이스 커튼 뒤로 몸을 숨긴 채 고양

이처럼 고요히, 그러나 뚫어지게 나의 팻말을 응시하며,
사랑하는 그녀가 그 곳에 서 있었습니다.

노라와 초록빛 보석

NORA

나는 마일즈 씨에게 가능한 한 자주 바깥 공기를 쏘이게 하려고 애쓰는 편입니다. 지금껏 그분을 돌보아 왔던 다른 간병인들은 어땠는지 모르겠지만 말입니다. 아마도 내가 영국인이기 때문에 그럴지도 모르겠습니다. 영국에선 한겨울 칼바람 속에서도 갓난아이를 유모차에 태우고 산책 나서는 엄마들의 풍경을 흔히 볼 수 있거든요. 또한 난로 가에서 무기력하게 생을 마감한 아버지를 지켜봐야 했던 내 무의식의 반작용일지도 모르겠어요. 살아 있는 동안은 아무리 힘겨운 순간이라도 삶에 최선을 다해야 한다는 게 내 지론입니다. 그래서 마일즈 씨가 듣건 말건 휠체어를 밀고 산책을 할 때면 항상 이런 얘길 늘어놓습니다. 혹시나 기운을 차리고 일어나실까 해서지요.

그러던 어느 한여름 아침나절이었어요. 여느 날처럼 우린 산책 중이었지요. 나는 늘 가던 곳과는 다른 방향으로 휠체어를 돌려보았어요. 깁 스트리트였어요. 나로선 처음 가보는 거리였는데 곧 후회가 됐어요. 그 곳은 거닐고 있는 사람의 마음을 상쾌하게 해주는 그런 거리 풍경과는 거리가 멀었거든요. 대부분의 가게들은 물건 진열도 제대로 안 되어 있고 먼지만 풀풀 날리는, 을씨년스럽기 짝이 없는 곳이었어요. 여전히 무표정한 얼굴로 휠체어에 몸을 맡긴 마일즈 씨는 아마도 이 거리의 다른 풍경을 기억하고 계실는지도 모르겠군요. 사모님 말씀으론 마일즈 씨가 이 거리에서 오랫동안 사셨다고 했거든요.

두 번째 뇌출혈을 일으켰을 때 신경마비로 말을 할 수 없게 된 그분은 나로선 알 수 없는 존재입니다. 건강을 잃기 전에는 어떤 사람이었는지, 어떤 걸 좋아하셨고 어떤 농담을 즐기던 분이었는지 지금의 나로선 알 수가 없지요. 당연히 요즘의 그분 머리 속에 어떤 생각이 오고 갈는지 짐작도 할 수 없고요. 그래서 조금 답답하기도 합니다. 최근에는 세상을 향한 관심도 급격히 줄어든 듯해서 안타깝습니다. 상점의 유리 진열장 앞에 휠체어를 멈추고 일부러 수선스럽게,

"마일즈 씨, 저것 좀 보세요, 정말 예쁘죠?"
라고 말을 걸어도 졸고 있기 일쑤입니다. 그 모습을 보고 있자면 한편으론 측은하고 또 한편으론 기괴합니다. 아프리카 추장처럼 머리를 산발로 늘어뜨린 백발의 노신사가 거리 한복판에서 휠체어에 기대어 졸고 있는 광경을 상상해 보세요. 아무래도 마일즈 씨는 사실 날이 얼마 남지 않은 것 같습니다. 나는 잔뜩 맥이 빠져 다시 휠체어를 밀고 집으로 돌아오곤 했죠.

그런데 그날 아침, 깁 스트리트를 따라 휠체어를 밀고 있는데 갑자기 마일즈 씨의 손이 조금 위로 들려졌습니

다. 멈추고 싶다는 의사 표시여서 즉시 세웠습니다. 길 옆 공터에 어떤 개척정신 투철한 사람들이 밭을 만들어 놓은 게 눈에 띄더군요. 우린 잠시 동안 멈춰 서서 괭이질을 하고 있는 두 명의 동양 여자들을 지켜보았습니다. 그러다가 나는 가던 길을 계속 가기 위해 휠체어를 다시 밀기 시작했습니다. 그러자 마일즈 씨의 즉각적인 반응이 나타났습니다. 팔꿈치로 더 머물고 싶다는 의사 표시를 다시 하신 겁니다. 난 이상해서 휠체어 앞으로 가 그의 기색을 살펴보았습니다. 그는 부자연스러운 몸을 간신히 움직여 밭을 가리켰습니다. 나는 그가 원하는 대로 방향을 되돌렸습니다. 그는 흙 냄새를 음미하는 듯 코를 벌름거리고 있었습니다. 전에 없던 반응이었습니다. 우리가 공터에 다다랐을 때, 그는 좀더 들어가 보길 원했습니다. 하는 수 없이 밭 사이로 나 있는 울퉁불퉁한 흙 길을 따라 휠체어와 함께 들어가 보았습니다. 그의 눈과 코는 계속해서 무언가를 찾는 듯 활기차게 움직였습니다. 흙과 풀 내음이 잊어 버린 그의 기억을 다시 불러내는 모양이었습니다. 그런 그의 모습은 추억의 강을 거슬러 올라가 생을 마감하려는 한 마리 연어처럼, 절박하고 안타까웠습니다.

  그날은 그렇게 구경만 하다가 돌아왔습니다. 마치 모형 도시처럼 아기자기하게 꾸며 놓은 각양각색의 밭은 보는 것만으로도 충분히 즐거웠습니다. 어떤 밭은 고랑 사이에 벽돌을 깔고 가장자리엔 꽃을 심어 잔뜩 모양을 낸 데도 있고, 아무렇게나 일절 장식 없이 놔둔 데도 있었습니다. 자동차 문 한쪽을 떼어내 출입문을 만들어 놓은 밭을 보았을 땐 웃음이 절로 나왔습니다. 안쪽의 어떤 곳은 녹슨 침대 스프링을 강낭콩 줄기 버팀목으로 활용하는 기발함을 보이기도 했습니다. 새들이 잠시 쉬어갈 수 있게 작은 새집을 중앙에 설치해 놓은 밭도 눈에 띄고, 가끔은 이곳에서 야외 소풍도 열리는지 커다란 바비큐 그릴이 서 있는 밭도 있었습니다. 마치 자기 집 현관처럼 햇볕 가리개 모자를 말뚝에 걸어놓고 자리를 비운 데도 있고, 아무튼 그 곳 사람들이 밭을 자기 집처럼 아끼는 게 저절로 느껴졌습니다. 아늑한 그 곳을 구석구석 돌아보며 나는 마음을 굳혔습니다. 마일즈 씨에게도 무엇이든 이곳에서 할 일을 찾아주자고. 휠체어에 앉아서라도 흙을 느끼고 풀을 만진다면 그의 건강이 조금이라도 회복될 것 같았기 때문이었습니다.

그 뒤 이틀 동안 나는 여러 가지 궁리를 했습니다. 사흘째 되던 날, 그의 집으로 출근하는 길에 먼저 밭에 들러 커다란 플라스틱 쓰레기통과 삽을 내려놨습니다. 그리고 휠체어에 그를 태워 다시 그 곳으로 왔습니다. 그 다음엔 마일즈 씨가 보는 앞에서 주머니칼로 통 밑바닥을 뚫어 배수 구멍을 만들고 그 안에 흙을 퍼담느라 땀을 뻘뻘 흘렸습니다. 마침내 씨 심을 준비를 다 마치고 나서 그에게 미리 사 놓은 여러 종류의 씨앗을 보여 주었습니다. 그는 채소 종류는 거들떠보지도 않고 오로지 꽃씨들만 골랐습니다. 어쩌면 어릴 적 그가 뛰놀던 어머니의 정원이라도 그리는 마음에서였을까요? 지나친 나의 상상력인지도 모르겠군요. 그의 과거에 대해 내가 아는 건 아무 것도 없으니까요. 어쨌든 나는 마일즈 씨의 휠체어를 방금 만든 씨앗용 화분통 앞에 가능한 한 바짝 붙여 놓고 그가 꽃씨 심는 걸 도왔습니다. 삼십 분 뒤 그는 당신 손으로 직접 접시꽃과 양귀비, 그리고 금어초 씨앗을 심는 데 성공했습니다. 얼마나 기뻐하시던지, 집으로 돌아오는 길 내내 손가락에 묻은 흙 냄새를 맡아보며 어린아이처럼 즐거워하는 모습이었어요. 나는 내심 잘 시작한 일이라고 흐뭇해 했죠.

 그날 이후로 꽃밭은 마일즈 씨와 나의 최대 관심사가 되어버렸어요. 밭일이 지겹지 않냐고요? 천만에요. 손바닥만한 작은 밭에도 서스펜스와 비극, 극적 반전이 있답니다. 그야말로 '자연이 만들어낸 멋진 블록버스터 영화 한 편'이라고 하면 지나친 과장일까요? 이 영화의 클라이맥스는 바로 새싹이 돋아나는 순간입니다. 작디작은 씨앗이 약속이나 한 듯 일제히 흙을 뚫고 연녹색 떡잎을 세상에 내놓는 장면은 참으로 감동적입니다. 그걸 보고 있자니 오랫동안 잊고 지냈던 가슴의 떨림이 다시금 살아났어요. 감동과 함께 기이한 감흥도 있었지요. 저승꽃이 핀 주름투성이의 얼굴로 연한 떡잎을 돌보는 마일즈 씨를 지켜볼 때는 말로는 표현 못할 묘한 기분이 들었습니다. 곧 세상을 떠날 노인과 막 세상에 뿌리를 내린 어린 식물의 대조가 마음을 싱숭생숭하게 만들었던 거지요.

어쨌든 마일즈 씨가 그 식물들을 통해 조금이라도 원기를 회복하셔서 다행이 아닐 수 없었어요. 매일매일 떨리는 손으로 잡초를 뽑고 물을 주셨어요. 혼신의 힘을 다해 꽃밭을 돌보셨죠. 그전과는 전혀 다른 모습이 아닐 수 없었어요. 문득 이집트의 오래된 민간요법을 소개한 책 한 구절이 떠올랐어요. 마음이 병든 환자를 치료하는 비법이 소개돼 있었는데 환자로 하여금 매일 규칙적으로 정원을 거닐게 한다는군요. 그러고 보면 마일즈 씨와 나는 마음을 치료하는 묘약을 매일 복용하는 셈이었어요.

우리의 꽃밭은 길가 쪽에 위치해 있어요. 방문객이라고는 동네 고양이들이 전부였죠. 근처 밭의 소녀가 씨앗과 함께 정어리 뼈를 묻어놨기 때문에 그 냄새를 맡고 몰려

드는 거였어요. 소녀는 아마도 메이플라워 호를 타고 미국에 처음 건너온 조상들의 농사법 이야기를 어디서 주워들은 모양이었죠.

꽃들은 마일즈 씨의 지극한 정성 덕에 잘 자라주었지만 우린 조금 적적했어요. 아무도 우리에게 말을 걸어오지 않았기 때문이었죠. 하지만 우리의 고립감도 갑자기 들이닥친 폭우와 함께 저만치 떠내려가 버렸어요. 그날 예고도 없이 비가 쏟아지자 밭에서 일하고 있던 사람들은 마치 민방위 훈련이라도 하듯 모두 한 방향을 향해 뛰어갔어요. 나도 마일즈 씨의 휠체어를 밀고 그 뒤를 따라갔어요. 모두들 밭에서 제일 가까운 구둣방 처마 밑에 옹기종기 모여 있더군요. 비가 오면 늘 그 곳이 대피처가 되는 것 같았어요. 비좁은 공간이 우리로 하여금 서로 말문을 트게 만들었어요. 단 15분 만에 마일즈 씨와 나는, 비만

오면 구둣방 처마 밑 손님이 되어 버리는 텃밭 사람들 모두를 알게 되었어요.

  그들은 대부분 노인이었어요. 모두 자기 고향의 특산물들을 심었다고 자랑이 대단하더군요. 커다란 중국 멜론이나 생강, 향신료로 쓰이는 실란트로(cilantro), 자메이카산의 칼라루(calaloo), 그 밖에도 이국적인 풀 이름들이 구둣방 처마를 들썩이게 했어요. 때때로 언어의 장벽을 넘기 위해 팬터마임 같은 손짓 발짓이 빗속에 연출되기도 했습니다. 모두가 다른 나라에서 건너온 다른 문화권의 사람들이었기 때문에 공통 분모는 찾아보기 힘들었어요. 하지만 이제부터는 우리가 함께 나눌 것들이 훨씬 많아졌습니다. 날씨와 해충에 관한 얘기, 작물 재배에 필요한 각종 정보, 그리고 한 이웃이 되어 주고받는 마음의 온정까지, 참 많은 것들이 한꺼번에 생겨났어요. 무엇보다도 밭에 심은 꽃과 농작물을 향한 무한한 애착이 우리를 한 울타리 안에 단단히 묶어 주었습니다. 그날 이후 어쩌다 우리가 2~3일 정도 꽃밭에 나가지 않으면 일부러 마일즈 씨의 안부를 묻기 위해 들르는 다정한 이웃을 친구로 두게 되었어요. 마치 우리의 꽃씨들처럼 마일즈 씨와 나도 그 정원에 뿌리를 내린 겁니다.

나는 이 모든 놀라운 얘기를 타지에서 놀러온 나의 친구들에게도 들려 주었어요. 그 다음엔 시내 관광차 그들을 데리고 클리블랜드에서 가장 높은 타워로 올라갔지요. 그들에게 우리 자랑스러운 텃밭들을 보여 주고 싶기 때문이기도 했어요. 막상 찾아보니 아쉽게도 지상에서는 그렇게 넓어 보이던 그 곳이 전망대 꼭대기에서는 빌딩 숲에 가려 볼 수 없었어요. 나는 입맛을 다시며 주위를 돌아봤어요. 전망대 안은 늘 그렇듯 수많은 관광객들로 북적댔어요. 그들을 보며 난 생각했지요.

'모두들 클리블랜드를 다 보았다고 생각할 테지. 이 도시 어느 한쪽에 이렇게 보석 같은 텃밭이 숨어 있는 줄은 아무도 모를 거야.'

난 거기 있던 관광객들뿐만 아니라 이 도시의 모든 사람들이 들을 수 있도록 목이 터져라 외치고 싶었어요.

"여러분, 깁 스트리트의 텃밭이 저쪽에 있어요! 우리 클리블랜드에서 초록색으로 빛나는 보석 같은 밭이에요!"

마리셀라의 열 여섯 번째 여름

MARICELA

쿠바나 푸에르토리코에서 온 이주자들은 우리 멕시코 출신을 노골적으로 무시하는 경향이 있어요. 그건 다른 나라에서 온 이주자들도 마찬가지예요. 멕시코에서 온 사람들을 모두 불법 이민자로 취급하는 거죠. 쳇! 자기들도 걸어서 국경을 넘을 수 있었다면 다들 그랬을 거면서.

미국에서 10대는 그야말로 미움 덩어리 취급을 받기 십상이죠. 게다가 임신까지 한 10대라면 걸어다니는 최악의 미움덩어리인 셈이에요. 아마 화형을 당해야 마땅하다고 모두들 생각할 걸요? 나는 멕시코 출신에, 열 여섯 살짜리 10대로, 멍청하게도 임신까지 했답니다. 모든 조건이 완벽하게 갖춰진 셈이죠. 말하자면 지금 당장 총에 맞아 죽어도 싼 족속인 거예요.

사실 그렇게 된다고 해도 상관없어요. 난 이미 죽은목숨이나 마찬가지인 걸요. 임신 전까지만 해도 학교에서 알아주는 '섹시걸'이었답니다. 그런데 이젠 몸에 살이 덕지덕지 붙어서 마치 레슬링 선수 같아졌어요. 그래서 난 어디에도 갈 수 없는 처지가 되어 버린 거죠. 학교도 중퇴했고, 화려했던 파티 인생도 종말을 고했어요. 임신 소문이 동네방네 다 퍼져나가서 그전엔 거들떠도 안 보던 시시한 녀석들까지 내 주위엔 얼씬도 안 하는 형편이랍니다. 정말 비참한 신세로 전락한 거죠. 당연히 아빠, 엄마는 펄펄 뛰고 난리가 났어요. 고등학교 졸업은 해야 인생이 덜 고달프다고 누누이 잔소리를 쏟아 붓던 양반들이었으니 그거야 당연한 반응이겠죠. 그러더니 한바탕 난리를 친 다음에는 언제 그랬냐는 듯 아기를 손꼽아 기다리시는 거예요. 낙태나 입양은 생각지도 않으시더군요. 세상에, 내가 밤이면 밤마다 유산이 되게 해달라고 기도하고 있는 사이에 나의 부모님은 아기가 건강하게 세상에 나올 수 있게 해주십사 기도하신 거 있죠! 이렇게 손발이 안 맞는 경우도 있나요? 원래 두 분은 아기를 좋아하시긴 했어요. 그래도 그렇지 딸의 장래가 걸린 문젠데 아무 대책 없이 건강한 출산만 바라고 계시다니요! 하긴…… 누구 탓을 하겠어요. 내가 바보인 거죠.

우리 학교에는 나말고도 바보가 두 명 더 있답니다. 우린 시에서 운영하는 10대 미혼모를 위한 프로그램을 같이 듣고 있어요. 병원에 가서 정기적으로 검진을 받을 수 있도록 차편을 운행해 주고, 검정고시를 준비할 수 있게 공부를 도와줍니다. 훌륭한 기관이 아닐 수 없지요. 깐깐한 페니 선생님만 빼놓으면 더할 나위 없었을 텐데 말이에요. 어느 날 선생님은 동네의 공동 텃밭을 보고 와서는 우리 셋을 그 곳으로 끌고 갔어요. 그리고는 다짜고짜 아직 비어 있는 자리에 우리의 밭을 만들고 식물들을 키워

보라고 강요하시는 거였어요. 그 속셈이야 뻔하죠. '생명의 기적', 뭐 대충 이런 걸 느껴보라는 따분한 꿍꿍이속인 거죠.

"너희들이 아기를 산 채로 먹어버리거나 쓰레기 하치장에 던져 버릴까봐 교육 차원에서 해보자는 거야."

이런 썰렁한 농담까지 덧붙이면서 말이에요.

우리는 울며 겨자 먹기로 밭에 끌려갔어요. 때는 가만히 있어도 땀이 줄줄 흐르는 한여름이었어요. 선생님은 순무 씨앗을 가져와서는 이것이 빨리 자라니 한번 심어보라고 하셨죠. 빨리 자라거나 말거나 우리는 시키는 대로 심었어요. 어쨌든 순무 싹이라는 게 삐쭉 올라오긴 하더라구요. 그런데 싹이 나오자마자 다람쥐 같은 야생동물에게 몽땅 뜯겨 먹혀 버렸어요. 참으로 대단한 '생명의 기적'이 아닐 수 없었죠. 아무 것도 남아 있지 않은 밭을 보며 속상해 하는 페니 선생님에게 내 뱃속의 아기도 저렇게 흔적도 없이 사라져 줬으면 좋겠다는 속마음을 털어놓으려다 말았어요. 귀 따가운 잔소리나 들을 게 불 보듯 뻔하니까요. 선생님이 진짜로 내 딱한 처지를 이해나 하시겠어요? 입덧도 없고 배도 불러오지 않는데요, 뭐! 몸매도 그대로이고 앞날이 깜깜하지도 않을 텐데 어떻게 내 기분을 이해하시겠어요? 그러니 늘 유쾌하고 활기차 보이는 것도 당연한 일인 거예요.

순무 농사가 그렇게 허무하게 끝나버린 뒤 우리가 심은 건 근대라는 채소였어요. 우리 중 누구도 그게 어느 음식에, 어떻게 쓰이는 채소인지 알지 못했죠. 게다가 나는 일곱 달째에 접어든 풍선처럼 부푼 배 때문에 밭일이 이만저만 고역이 아니었어요. 나뿐만 아니라 우리 셋 모두 불평 불만이 날로 커갔어요. 그래도 지독한 선생님은 들은 척도 안 하고, 그저 미소만 지으실 뿐이었죠. 우리는 스스로를 '근대 밭의 여죄수들'이라고 부르며 그 일을 지긋지긋해 했어요. 특히나 손톱에 낀 새카만 흙을 볼 때면 정말 속에서 왕짜증이 솟구쳤어요. 몸매는 그렇다치고 손톱까지 옛날의 상태로 놔둘 수가 없는 내 신세라니요! 어느 날 오후에 우리 죄수 중 한 명인 욜란다는 삽질을 하다가 손톱을 두 개나 부러뜨렸어요. 약이 오를 대로 오른 그 애는 10분 동안 허공에다 대고 고래고래 소리를 질렀어요.

"내가 못 살아! 내가 못 살아! 이게 얼마짜리 인조손톱인데! 물어내! 내 손톱 물어내란 말야! 이게 다 이 망할 놈의 근대 밭 때문이야! 지겨워! 지겨워 죽겠어!"

페니 선생님이 말려도 막무가내였어요. 난 그 애의 기분을 너무도 잘 이해할 수 있었으니까 그냥 우두커니 구경만 하고 서 있었죠. 급기야는 저 너머에서 일하고 있던 아줌마가 우리 밭에 건너와서는 '바른 언어 예절'에 대해 일장 연설을 늘어놓기 시작했어요. 난 내 눈을 의심했어요. 그 우람한 체격의 아줌마는 다름 아닌 프렉 선생님이셨어요. 초등학교 3학년 때 담임 선생님이셨죠. 난 나를 알아 보실까 봐 조마조마했어요. 제발 그렇게 되지 않기를 바랐는데 선생님은 단박에 나를 알아보시고는 이것저것 물으셨어요. 임신이 된 후로 숱하게 받아온 뻔한 질문이었죠. 말로 대꾸하는 것보다 아예 종이에 대답을 적어 손에 들고 차례대로 넘겨 보여드리는 게 덜 지루하겠다는 생각을 하며 대답을 했죠. 어쨌거나 선생님은 여전하시더군요. 그 다음주였던가, 어떤 남자가 빈 맥주 캔을 창문으로 내던졌는데 그만 제대로 걸렸지 뭐예요. 선생님은 즉각 그 남자의 아파트로 쿵쿵 쳐들어가셨어요. 그리고는 어린애 야단치듯 한바탕 늘어놓는 설교 소리가 밭에서도 다 들렸죠. 아무튼 세상 사람들 모두를 당신 반 아이들 취급하는 선생님 버릇은 알아줘야 한다니까요.

그렇게 생각지도 않던 구경거리도 생기고 해서 밭일이 한층 덜 지루해질 무렵, 우리 근대 밭에 사람들의 발길도 잦아졌어요. 갖가지 이유 때문이었죠. 덜떨어진 어떤 푸에르토리코 남자애는 자꾸만 자기네 호박 넝쿨이 우리 밭으로 넘어온다는 핑계를 대고 돌로레스를 보러 왔어요. 돌로레스는 열 다섯 살이고 예쁘장한 데다가 결정적으로 아직 배가 눈에 띄게 불러 있지 않거든요. 난 공연히 심술이 나서 혼자말을 하곤 했죠.

"쳇, 몇 달만 있어 보라지, 지라고 별 수 있겠어?"

또 어느 때는 얼굴이 유난히 까만 아저씨가 방문하기도 해요. '방문'이라는 말이 좀 우습게도 아저씬 냅다 우리 밭을 가로질러 뛰어가 버리는 게 전부죠. 하도 초고속이라 마치 슈퍼맨이 달려가는 장면 같아요. 양상추를 기른다나, 어쩐다나. 그 아저씬 늘 택시를 몰고 오는데 소리가 어찌나 요란스러운지 몰라요. 외계인이라도 코앞에서 발견한 사람처럼 급정거를 하고는 100미터 장애물 달리기 선수처럼 우리 밭을 지나 양상추 밭으로 뛰어가시죠. 그곳까지 빙 둘러가기엔 너무 마음이 급한가 봐요. 그 다음에는 양상추 다발들을 손봐주고 역시 초고속으로 물을 길어 와 밭에 끼얹고는 다시 급발진으로 떠나버려요. 덕분에 우리 밭 주변은 온통 타이어 패인 자국뿐이죠. 그렇게 난리법석인데도 아저씨의 양상추들은 곧 전멸해 버리더군요. 농사일이라는 게 정성만 가지고 덤빈다고 다 되는 건 아닌가 봐요.

 그렇게 별스러운 사람들만 우리 밭에 오는 건 아니에

요. 종종 수확한 작물을 나눠주러 들르는 친절한 사람들도 있지요.

"가져가서 해 먹어봐. 맛도 좋고 영양가도 많을 거야."

이런 상냥한 말도 잊지 않아요. 또 우리들의 근대도 둘러보고 나서 조언을 해주기도 하고 출산과 육아에 관한 충고도 아끼지 않아요. 물론 아기 얘기만 나오면 난 잽싸게 신경을 꺼버리긴 하지만 말이에요.

그러던 8월의 어느날, 우리 밭에는 나와 페니 선생님, 이렇게 둘뿐이었어요. 한참 일을 하고 있는데 레오나라고, 우리 근처에 밭을 가지고 있는 아줌마가 건너왔어요. 그전에도 몇 번 이야길 나눈 적이 있었죠. 씩씩하고 통이 큰 아줌마였어요. 얌전한 페니 선생님보다는 말이 통하는 것 같아 호감을 갖고 있었어요. 아줌마는 자기가 길렀다며 내게 노란 꽃을 주셨어요. 기린초라는 건데 그걸로 차를 끓여 마시면 출산에 도움이 된다나요. 그러면서 아줌마는 기운 좀 내라고 하며 내 어깰 두드려줬어요. 아줌마는 내가 원하지 않는 출산을 코앞에 두고 있다는 걸 알고 있었나 봐요. 하긴 누가 10대 때 기쁜 마음으로 출산 예정일을 손꼽아 기다리겠어요! 어쨌든 고마운 일이었죠. 그런데 그날은 찜통 더위로 가만히 있어도 숨이 턱턱 막히는 터라 난 고맙다는 말을 할 기운조차 없었어요. 밭 주위의 아파트들은 창문을 있는 대로 활짝 열어 놔 TV 소리나 라디오 소리, 사람 말소리까지 사방에서 울려 퍼지고 있었어요. 그런데 갑자기 돌풍이 불고 멀리서부터 천둥번개 소리가 점점 가까워지더니 꽈광! 벼락이 내리친 거예요. 일순간 사방이 고요해졌어요. 정전이 되어 버린 거죠.

모든 소음이 사라진 밭 한가운데 서 있다는 건 참 낯선 느낌이었어요. 기분이 이상했죠. 주위를 둘러보니 옆의 텃밭 할아버지는 마치 아무 일도 없었다는 듯 오이 따기를 계속하고 계셨어요.

"정전이 되니까 도시는 딱 멈춰버렸는데 밭은 아무렇지도 않네!"

레오나 아줌마가 신기한 듯 말했어요. 그리고는 내게 전기나 시계가 돌아가지 않아도 식물들이 계속 커 가는 건 순전히 자연의 힘이라고 얘기했어요. 생명을 가진 모든 것들은 햇빛과 물과 계절의 순서만으로도 잘 커 나갈 수 있다고요. 그리고는 나의 몸 또한 그 큰 자연의 일부라고 했어요. 그 말을 들었을 때 난 정신이 좀 멍해졌어요. 자연의 일부라니요. 곰이나 공룡, 이름 모를 풀꽃들, 그리고 백만 년 전부터 있어 온 자연의 모든 살아 있는 것들과 내가 한 식구라니요.

"우리도 자연의 일부라는 사실이 부끄러울 건 없어. 새 생명을 키워낼 힘이 있다는 건 오히려 자랑스러운 거지."

나는 가만히 우리 밭을 바라봤어요. 그 안에 작은 세상이 펼쳐져 있었어요. 떡잎이 자라 꽃이 피고 열매를 맺고, 다시 그 씨앗이 떡잎을 틔우는 마술 같은 세상이 말이죠. 갑자기 불가사의한 자연의 기운이 내 몸 안에서 소용돌이치는 것 같았어요. 그때 비로소 난 뱃속의 아기가 잘 자라주기를 마음속으로 소망하게 되었어요. 소중한 새 생명이 저절로 없어져 주기만을 바라던 끔찍한 마음 따위는 근대 밭 너머 저 멀리 던져버린 거예요.

아미르의 축제

AMIR

미국과 마찬가지로 우리 인도에도 대도시가 많이 있습니다. 그 도시마다 수백만 명의 인구가 함께 모여 산다는 것도 미국과 다를 바 없어요. 그렇지만 적어도 그곳에선 이웃이 누군지 정도는 알고 삽니다. 미국은 그렇지 않아요. 이 땅의 생활 철학은 '일체의 접촉을 피하라'인 것 같습니다. 친구 이외의 낯선 사람은 모두 적으로 간주하고 사는 사람들 같더군요. 우린 마치 갈라진 바위 틈마다 혼자만의 집을 짓고 사는 수백만 마리의 게들 같습니다.

처음 그 텃밭 정원을 보았을 때 우중충한 벽돌 건물 사이로 빛나는 초록색이 꼭 어릴 적 우리 집에 깔려 있던 페르시아 융단 같았습니다. 그 융단에는 포도덩굴이 탐스럽게 뻗어 있고 수정같이 맑은 강물도 흐릅니다. 폭포수 계곡 아래에는 꽃밭이 펼쳐져 있고 노래하는 새들도 사방을 날아다닙니다. 지금도 기억이 생생한 그 융단은 사막에 사는 사람들이 꿈꿔 봄 직한 이상세계가 담겨진 아름다운 것이었습니다. 이를테면 어디든 휴대하고 다닐 수 있는 마음의 정원인 셈이지요. 고향 델리에서 보낸 여름은 굉장히 무더웠습니다. 어린 나와 내 누이는 그 융단 위에 누워 더위를 식히며 그 속에 펼쳐진 세상 속으로 들어가는 상상을 하곤 했습니다. 그때 그 융단의 짙푸른 색처럼 그날 내가 발견한 텃밭 정원의 푸른 풀빛은 눈을 편안하게 해 주었습니다. 직물가게를 하고 있는 나는 색채 감각이 좀 있는 편입니다. 그렇다고 그 정원이 단순히 도시 미관상 보기 좋다는 얘기만은 아닙니다. 그 곳이 지닌 가장 훌륭한 미덕은 이웃끼리 마음의 눈을 뜨고 서로를 바라보게 되었다는 점에 있습니다.

나는 그 곳에 당장 밭을 만들어 가지와 양파, 홍당무, 그리고 꽃양배추를 심었습니다. 8월이 되자 가지 열매가 열렸습니다. 오묘한 연보라빛 가지가 참으로 신비로웠습니다. 아내와 가끔 들르는 아들 녀석은 그 빛깔이 고왔던지 채 익지도 않은 걸 자꾸만 자기가 따겠다고 졸라대곤 했습니다. 아닌 게 아니라 그런 빛깔을 띤 열매는 근방 어느 밭에도 없었습니다. 때문에 많은 사람들이 구경을 오기도 하고 내게 어떻게 키웠냐고 방법을 묻기도 했습니다. 그러면서 자연스레 우리는 한 이웃이 되었습니다. 그 전까지는 말 한 마디 붙이지 않던 사람들이 이제는 얼마나 정겹게 대하는지요. '미국식 생활 철학'을 충실히 따르던 얼음장같던 그들은 가지 덕분에 그 철학이 제시하는 금기사항을 깨버린 것 같았습니다. 이야기할 구실이 생겨 말문이 터진 걸 기뻐하는 그들에게서 전에는 없던 호의라든지 선량함 같은 것도 보이기 시작했습니다. 대화가 사람과 사람 사이의 마음을 이어줬습니다.

그러던 어느 날 밤, 어떤 몰염치한 인간이 우리 텃밭 정원에 폐타이어를 한 무더기 몰래 버리고 도망간 일이 벌어졌습니다. 마치 그 곳이 예전의 쓰레기장이라도 되는 듯이 말입니다. 함부로 팽개쳐진 타이어들 때문에 멀쩡한 옥수수 밭이 망가져 버렸습니다. 우리는 누가 먼저랄 것도 없이 힘을 모아 그것들을 함께 치웠습니다. 그리고 얼마 안 있어 어느 이른 아침에는 정원으로부터 멀지 않은 곳에서 여자의 비명소리가 들려 왔습니다. 불량배 녀석 하나가 칼을 휘두르며 길 가던 여자의 핸드백을 뺏는 참이었습니다. 즉각 밭에 있던 세 사람이 그 곳으로 달려갔습니다. 그 가운데 내가 끼여 있었다는 것에 나 자신도 속으로 좀 놀랐습니다. 더 놀라운 건 우리 세 사람이 그 녀석을 잡았다는 사실입니다. 경찰이 올 때까지 건초용 갈퀴를 든 로이스가 녀석을 벽에 몰아세워 놨습니다. 그러는 동안 우린 다른 사람들을 불러왔죠. 우리 중 누구도 도둑이나 강도, 소매치기 따위를 뒤쫓아 본 경험이 없었어요. 적어도 그때까진 말이죠. 아마도 그 곳이 우리의 정원이 아니었다면 그런 행동이 쉽사리 나오지는 않았을 테죠. 그 곳에서 우리는 어느새 공동체 의식으로 맺어진 한 식구였던 겁니다.

내가 미국에 이민 온 건 1980년입니다. 클리블랜드는 한마디로 이민자의 도시입니다. 이 나라 저 나라에서 온 사람들이 모여 살다 보니 그릇된 속설이 오랜 시간을 거쳐 여기저기 돌아다니기도 합니다. 그 중 폴란드 인에 대한 속설은 이 도시에서 꽤 많이 알려진 것 중 하나입니다. 나도 귀가 닳도록 들은 얘기로 폴란드 남자들은 모두 억센 광부 출신이고, 여자들은 양배추 요리만 해댄다는 것이었습니다. 그걸 확인해 볼 만한 기회는 없었어요. 텃밭 정원을 가지기 전까지는 말입니다.

  밭을 가꾸면서 우연히 폴란드가 고향인 할머니 한 사람을 알게 되었습니다. 집으로 가는 방향이 같은 탓에 종종 거리에서 마주치는 일이 잦아졌습니다. 자연스럽게 이런 저런 얘기가 오고 갔습니다. 또 우리는 밭에 홍당무도 똑같이 심어 할 얘기가 점점 많아졌습니다. 그런데 무슨 일인지 싹이 빽빽하게 올라왔는데도 할머니는 밭에 손도 안 대는 것이었습니다. 나는 혼자 안절부절못했지요. 홍당무는 싹이 나면 제일 튼튼한 것만 남겨두고 나머지는 모두 솎아주어야 하는데 말입니다. 또 모종과 모종 사이에 충분한 간격을 만들어줘야 잘 자라는데 할머니는 그냥 놔두기만 하실 뿐이었습니다. 나는 참다 못해 이유를 여쭤 보았습니다. 할머니는 잠자코 홍당무 싹을 내려다보더니 이렇게 대답하셨습니다.

"글쎄…… 그래야 한다는 건 나도 안다네. 근데 어쩐지 강제수용소 시절이 떠올라서…… 거기선 아침마다 2열 횡대로 줄지어 서서 검사를 받아야 했다우. 건강한 사람은 남고 병에 걸리거나 몸이 약한 사람은 가스실로 끌려가야 했지…… 그래서 차마 손이 안 가는 거야……"

할머니의 아버지는 오케스트라의 바이올리니스트였는데 독일 나치스에 반대하는 말을 했다가 가족 전원이 체포되어 수용소에 보내졌다고 합니다. 할머니의 가슴 아픈 가족사를 들었을 때 나는 깨달았습니다. 내가 그 동안 숱하게 들어 왔던 폴란드 인에 관한 속설이 얼마나 하찮은 선입견에서 시작된 것인지, 호두를 둘러싼 딱딱한 껍질처럼 그런 그릇된 속설이 얼마나 풍요로운 이야기들의 물꼬를 틀어막는 잠금쇠 역할을 했는지 말입니다. 그날 이후 아직까지도 나는 할머니가 정말로 양배추 요리만 삼시 세

끼 해 드시는지는 확인해 보지 않았습니다.

 그릇된 선입견이나 속설이 바르게 고쳐지는 경우가 흑인 소년 로이스를 통해서도 이루어졌습니다. 건초용 갈퀴로 불량배 녀석을 혼내주기 전까지 그 애는 언제 터질지 모르는 위험 폭발물로 비춰졌습니다. 그 애가 10대 흑인에다가 덩치도 크고 인상까지 험상궂은 탓이었습니다. 텃밭 사람들은 그 애가 주변을 얼쩡대는 걸 보고 막연히 불안해 했습니다. 그러다 그 일이 일어났고, 사람들은 비로소 로이스를 다르게 보기 시작했습니다. 닫힌 마음의 문을 열었다고나 할까요? 그들은 로이스가 말을 더듬는 버릇이 있는, 숫기 없는 소년인 것도 알게 되었고, 누나와 여동생이 둘 있고 손재주가 많다는 사실도 알게 되었습니다. 밭을 쏘다니는 도둑고양이들을 돌봐주기도 하는 고운 마음의 아이라는 사실까지도 모두들 알게 되었죠. 텃밭의 나이 지긋한 아주머니들은 그 애가 귀여워 어쩔 줄 몰라 했습니다. 참 이상한 일이지요! 얼마 전까지만 해도 그 애가 나타나면 오던 길도 돌아가던 양반들이 이젠 서로 자기 밭에서 난 채소와 과일들을 그 애에게 먹이지 못해 안달이니 말입니다. 로이스는 또 로이스대로 텃밭 사람들에게 정성을 다합니다. 밭에 들르지 못하는 사람을 대신해 물을 주거나 울타리를 수선하고, 그 밖에도 여러 가지 허드렛일을 도맡아 합니다. 잡초를 뽑고 근처 헐린 건물의 벽돌을 주워 와 밭 사잇길에 가지런히 깔아놓기도 합니다. 그리고는 시침을 뚝 떼고 있는 거죠. 그러면 사람들은 선물 받은 어린애처럼 즐거워합니다. 그 애는 이제 이 텃밭 사람들의 믿음과 사랑을 한 몸에 받는 존재가 된 겁니다. 더 이상 거리를 배회하는 10대 흑인 불량 청소년이 아니라 '귀염둥이 로이스'로 인정받게 된 거죠.

어느덧 9월이 되어 날이 서늘해지자 로이스는 또 다른 궁리로 우리를 즐겁게 했습니다. 그 애가 유난히 잘 따르는 멕시코 출신 남자와 함께 벽돌을 주워다가 바비큐 그릴을 만들기 시작한 거죠. 그게 다 완성된 건 토요일이었는데, 그날 오후 멕시코 남자는 가족과 함께 돼지 한 마리를 통째로 끌고 나타났습니다. 로이스와 그는 신이 나서 불을 지피고 고기를 굽기 시작했습니다. 조금 뒤에 멕시코 남자의 친구들도 도착했습니다. 기타와 바이올린까지 싣고 말이죠. 그들은 간이 식탁 위에 음식을 잔뜩 늘어놓고 노래로 흥을 돋우기 시작했습니다. 그들 중 누군가의 생일이거나 어쩜 특별한 이유 없이 파티가 하고 싶은 거였는지도 모르겠습니다. 날씨는 기가 막히게 좋았습니다. 햇살은 따사롭고 가을의 문턱에 들어선 우리의 텃밭은 초록에서 갈색 톤으로 옷을 막 갈아입었습니다. 그날 그 곳에서 일하고 있던 나를 비롯한 모든 사람들은 파티의 흥겨운 기분에 전염되어 버렸습니다. 고기를 굽는 고소한 냄새도 우리의 소매를 잡아끌었습니다. 텃밭 일을 하던 사람도, 그저 그 길을 지나던 사람도, 파티를 지나치지 못하고 기웃거렸습니다. 텃밭 정원은 금새 온 동네 사람들로 북적거렸습니다.

그렇게 해서 작은 파티는 곧 마을 전체의 축제로 이어졌습니다. 마치 동네마다 자연스럽게 벌어지는 인도의 수확 축제처럼 말입니다. 마을 사람들은 음식과 마실 것, 그리고 드럼까지 들고 나와 흥겨운 얼굴로 축제에 참석했습니다. 나도 집으로 달려가 아내와 아들을 데리고 다시 그곳으로 왔습니다. 밭에서 기른 멜론이 한 상 가득 올라왔습니다. 그걸 맛보면서 텃밭 사람들은 자기가 그 동안 뭘 키웠는가를 서로에게 보여 주느라 바빴습니다. 추수한 작물들을 물물 교환하기도 하고 그냥 주기도 하는 인심 후한 광경들이 여기저기 눈에 띄었습니다. 이익 남기는 걸 최우선으로 하는 습관이 몸에 밴 장사꾼인 나도 포함해서 말입니다. 우리들의 텃밭 정원은 거둬들인 작물만큼이나 풍성한 인정이 들판 가득 차고 넘쳤습니다.

그날 많은 이들이 내게 말을 걸었습니다. 고향이 어디냐는 질문으로 얘기꽃이 피어나곤 했는데, 내가 폴란드에 대해 잘못 알고 있어 왔던 것처럼 그들 중 대다수가 인도에 대해서 막연한 선입견을 가지고 있어 좀 놀랐습니다. 이탈리아 억양을 쓰는 어떤 동네 아주머니는,

"아, 당신이 저 가지 밭의 주인이었군요. 궁금했다우, 저리도 솜씨 좋게 가지를 키워내는 사람이 누군지. 여길 지나갈 때마다 여간 궁금한 게 아니었거든. 이렇게 만나게 돼서 반가워요."

라며 내 가지에 대한 칭찬을 아끼지 않았습니다. 그리고는 이탈리아 식 가지 요리법을 모조리 가르쳐주며 우리 가족에게도 곰살궂게 말을 붙였습니다. 그 모습을 흐뭇하게 바라보고 있는데 어쩐지 그 아주머니가 낯익다는 느낌이 들었습니다. 곰곰이 생각해 보니 1년 전쯤 내 가게에서 소란을 피운, 불쾌한 기억의 손님이었습니다. 점원 아이가 쩔쩔 매며 나를 찾길래 가 보았더니 그 아주머니가 궁시렁궁시렁 불평을 늘어놓고 있었습니다. 거스름돈을 잘못 받았다는 거였죠. 내가 정중히 사과하고 사태를 수습하려고 하는데 아주머니는,

"뻔뻔스러운 외국인 같으니라구. 어디서 더러운 수작이야!"

라며 화를 벌컥 내는 것이었습니다. 당신도 강한 외국인 억양으로 말하면서 말입니다.

이제는 다 지나간 일이고 우리는 이렇게 좋은 이웃이 되었습니다. 나는 웃으며 그때 그 일을 아주머니께 얘기했죠. 그제서야 기억이 난 아주머닌 몹시 당황하며 눈이 동그래지고 귀까지 빨개졌습니다. 그리고는 몇 번이고 진심에서 우러나오는 사과를 하셨습니다.

 "미안해요. 그땐 당신인 줄 몰라서 그렇게 경우 없이 굴었을 거야…… 암튼 미안해요. 내 사과하리다."

플로렌스의 봄

FLORENCE

나의 증조할아버지와 증조할머니는 루이지애나에서 콜로라도까지 그 먼 거리를 꼬박 걸으셨다고 합니다. 1859년의 일이었지요. 해방노예였던 두 분은 지긋지긋한 목화밭에서 되도록 멀어지고 싶어 그 곳까지 가셨다고 합니다. 말 그대로 산 넘고 물 건너서 마침내 거니슨(Gunnison) 강가에 자리잡으셨다는군요. 그렇게 해서 친할아버지와 아버지, 그리고 우리 자매가 그 곳에서 태어난 거죠. 우리는 그 주를 통틀어 최초의 흑인 가족이었다고 합니다. 아버지는 증조부모님을 '씨앗을 심는 사람들'이라고 명명하셨어요. 그 땅에 처음으로 뿌리를 내린 분들이라는 의미겠지요.

  만약 내가 깁 스트리트의 공터에 처음으로 밭을 만든 사람을 보았다면 아마 나는 내 증조부모님을 떠올렸을 겁니다. 그리고 그분들처럼 '씨앗을 심는 사람들'이라고 이

름붙였을 겁니다. 내가 말하는 건 수도관도 들어오지 않고 호스도 없던 첫해 얘기입니다. 물론 농기구들을 넣어두는 작은 창고도 없고 새로 들어온 흙도 없던 시절일 테죠. 텃밭 정원이 내려다보이는 아파트 임대료가 인상되기 훨씬 전의, 황무지 같은 밭을 일군 사람들을 얘기하는 겁니다.

  나도 손의 관절염만 없었다면 밭에서 살았을 텐데요. 시골에서 자란 탓인지 지금도 내 고향 콜로라도의 시골생활이 늘 그립습니다. 남편은 이곳 클리블랜드가 고향입니다. 그 양반은 들판에 서서 마른 풀 냄새를 폐 속 깊숙이까지 들이마시는 기분이 어떤 건지, 가게에서 사다먹는 통조림 대신 밭에서 갓 딴 강낭콩들로 요리해 먹는 맛이 어떤 건지 아무리 설명해도 잘 못 알아들었습니다. 그래서 깁 스트리트의 텃밭 정원을 발견했을 때 나는 구경꾼

이 된 것만으로도 큰 기쁨을 느꼈답니다. 그건 비단 나뿐만이 아니었어요. 아파트 비상계단에서 밭을 하염없이 바라보는 이도 있고, 나처럼 길가에서 넋을 잃고 보는 이도 있었어요. 한번은 아파트 창가에 규칙적으로 나타났다가 사라지는 사람의 머리가 보여 주의 깊게 쳐다본 적이 있어요. 그랬더니 한 남자가 마치 TV 스포츠 중계라도 보듯이 흔들의자에 앉아 정원을 내려다보는 게 아니겠어요? 그 광경을 보고는 혼자 웃고 말았지요.

나의 할머니께서 소녀 적부터 모아놓은 '어록집'에는 〈외로움을 느끼지 않으려면 하루하루를 바쁘게 보내자〉라는 할머니만의 격언이 있어요. 내가 그것을 보았던 건 어릴 때였는데 나 또한 평생을 그렇게 살자고 다짐했죠. 도서관 사서로 일했던 젊은 시절에는 그런 격언이 따로 필요치 않을 만큼 바쁘게 살았어요. 그런데 막상 정년 퇴

직을 하고부터는 그렇게 지내기가 쉽지 않더군요. 남편이 먼저 세상을 떠나버리고 나서는 더욱 그렇답니다. 무료한 시간이 길어지고 그만큼 외로움 따위가 마음을 괴롭혔어요. 그래서 매일 산책을 나가기로 했고, 그러다가 이 텃밭 정원을 발견한 겁니다.

그 곳에 다다르면 난 언제나 발걸음을 멈춥니다. 그리고 그 동안 어떤 변화가 일어났는지 찬찬히 둘러본답니다. 그 곳에서 난 단지 '구경꾼'에 지나지 않지만 마음으로는 얼마나 자랑스러운지 몰라요. 마치 그 큰 들판 전체가 내 것이라도 되는 것처럼 말이죠. 자랑스러운 만큼 너무도 소중해요. 어느 날이던가 어떤 젊은이가 길가 쪽 울타리 너머로 익지도 않은 토마토를 낚아채려는 광경을 우연히 보았을 땐 얼마나 화가 치밀던지요. 난 나도 모르게 고함을 꽥 질렀어요.

"그 손 어서 치우지 못해욧!"

젊은이는 깜짝 놀랐는지 얼른 손을 움츠리고는 변명하듯 웅얼거렸어요.

"공동 밭이라 아무나 가져갈 수 있는 건 줄 알았죠······"

"정 갖고 싶으면 먼저 주인에게 허락을 구하도록 해요. 아무나 밭을 가꿀 수 있다는 거지, 정성 들여 키운 걸 함부로 가져가도 된다는 뜻은 아닐 거예요, 젊은이."

무안했던지 몇 번 머리를 긁적이던 젊은이는 훌쩍 자리를 뜨더군요. 아무튼 그 밭 덕분에 나의 생활도 조금 바빠지고 활력도 생기기 시작했는데 그만 가을이 찾아들었어요.

모든 게 갈색으로 변하는 가을은 서글픕니다. 밭일 하는 사람들 수도 자꾸만 줄어가고 들판은 텅 비어갔죠. 그걸 지켜보는 첫 번째 가을이 가장 힘들었어요. 그 동안 무언가를 심고 열심히 가꾸는 사람들의 모습을 바라보는 게 참으로 즐거웠거든요. 실업 수당이나 생활 지원금을 기다리며 무기력하게 창 밖만 내다보는 모습보다 얼마나 활기차고 보기 좋던지요. 이웃끼리 조금씩 마음의 문을 여는 광경도 즐겁긴 마찬가지였어요. 무엇보다 그 곳에 서서 식물들을 키워내는 대지의 내음을 직접 코끝으로 맡아보는 게 빼놓을 수 없는 즐거움이었는데…… 그 모든 걸 다시 보자면 긴긴 겨울을 견뎌야겠지요.

초록이 빠른 속도로 스러져가고 서리도 내렸어요. 인적 없는 그 곳을 걷다 보면 마른 옥수숫잎 줄기가 바람에 바스락거리곤 하는데, 마치 자기 혼자 추위에 떠는 소리처럼 들린답니다. 그러면 나는 중얼거리죠.

'네 모양이 꼭 내 마음 같구나……'

늦가을까지 텅 빈 들녘에 남아 주홍빛 등불처럼 빛나던

호박들마저도 할로윈 데이 전에 다 팔려 버렸어요. 그 다음에는 몇몇 사람들이 밭에 남은 줄기들을 모두 베어 내 땅에 묻기도 하고 또 그냥 덮어두기도 하는 작업을 했어요. 그걸 지켜보고 있자니 한숨이 절로 나왔어요. 그 일마저 끝나고 나면 한 해 농사는 정말로 대단원의 막을 내리는 겁니다. 11월이 되고부터는 인적도 뚝 끊기고 들고양이만이 그 곳을 가끔 찾아왔어요.

  그 해 겨울은 유난히 추웠어요. 콜로라도만큼이나 매서운 추위였지요. 들판에도 눈이 수북이 쌓여 보이는 거라고는 울타리 맨 윗부분뿐이었어요. 난 집안에 갇혀 있는 게 너무 답답해서 잔뜩 중무장을 하고 산책을 나서곤 했는데 언제나 목적지는 그 들판이었어요. 그 곳을 지나며 초록빛으로 뒤덮였던 지난 여름의 풍경을 상상하는 것이 잠시 추위를 녹이는 나만의 비결이었답니다. 12월에는 누군가 크리스마스 트리를 그 곳에 세워 놓았는데 3월이 다 가도록 그 자리를 지키고 있더군요. 어느 달이 가장 추웠는지 골라낼 수 없을 만큼 그 해 겨울의 추위는 혹독했답니다. 그래도 난 늘 그 곳에 갔어요. 아무 것도 없는 허허벌판이라도 여전히 좋았지요. 때때로 동반자가 있기도 했어요. 여름 내내 텃밭에서 땀을 흘리던 낯익은 얼굴이 가끔씩 들판에 서 있곤 했지요. 그도 이 겨울이 유난히 길게 느껴졌나 봅니다.

에리 호에서는 캐나다가 보이지 않습니다. 그렇지만 호수 건너편 어딘가에 그것이 존재하고 있다는 건 누구나 알고 있지요. 봄도 마찬가지라고 생각해요. 겨울 너머 어딘가에 분명히 그것이 존재하고 있다는 굳은 믿음을 가지고 지내는 수밖에는 도리가 없어요. 특히나 클리블랜드의 봄은 더욱 그러하죠. 인내심을 가지고 기다리다가도 막상

4월에 퍼붓는 함박눈을 볼 때면 실망이 이만저만 아닌 법이에요. 이듬해 4월에는 두 번이나 눈이 왔답니다. 그것도 펑펑 함박눈이 말이죠. 그 눈이 다 녹길 기다리느니 차라리 빙하가 녹아서 저절로 떠내려가길 바라는 편이 속 편하겠어요.

마침내, 마침내, 긴 기다림 끝에 원망스럽던 눈들도 사라지고 봄이 찾아왔어요. 얼었던 땅은 풀리고 눈 속에 파묻혀 있던 지난해의 마른 잎들이 고스란히 모습을 드러냈어요. 그 모습이 마치 책갈피에 꽂아둔 단풍잎 같다는 생각을 하며 나는 다시 본격적으로 산책을 즐겼죠. 무거운 코트와 장화 없이 걸어 보는 산책길은 날개를 단 것처럼 후련했어요. 하지만 들판은 아직 텅 빈 그 모습 그대로였어요. 봄이 되어 맨 처음으로 달려간 데도 그 곳인데 그걸 보고는 좀 실망했죠. 아마도 씨앗을 심기에 너무 이른

시기인가 보다고 혼자 속으로 생각했어요. 그러다가 점점, 아무도 이 들판을 다시 찾지 않는 게 아닐까, 걱정이 되기 시작했지요. 어쩌면 텃밭 사람들은 더 이상 채소나 꽃밭 가꾸기에 관심이 없어졌는지도 모를 일이었어요. 아니면 시에서 이곳을 폐쇄했거나 매각해 버렸을지도 모르는 일이고요. 난 그야말로 초조해서 잠이 다 안 올 지경이 되어 버렸지요. 나쁜 상상은 왜 그리도 다양하고 끈질긴 걸까요. 그러던 어느 햇살 따사롭던 날, 다시금 그 곳을 찾았을 때 누군가 땅을 갈고 있는 게 멀리서 보였어요.

 기쁜 마음에 달려가 보니 작은 동양 여자아이가 모종삽과 강낭콩이 든 비닐봉지를 들고 밭일에 열중해 있더군요. 전해에도 이 들녘에서 본 아이인지 얼른 기억이 나진 않았지만 그건 아무래도 좋았어요. 겨울 내내 묵은 먼지같이 쓸데없는 근심으로 자욱했던 내 마음 구석구석까지

대번에 환해지는 걸 느끼며 그 아이를 바라보고 있었죠. 마치 봄의 전령사인 제비라도 보고 있는 기분이었어요. 그러다가 아파트 창가로 눈길을 돌렸어요. 거기에는 예전처럼 흔들의자의 남자가 있었죠. 그도 다시금 텃밭을 감상하게 되어 무척 기쁜 모양이었어요.

  우리는 손을 흔들고 또 흔들었답니다. 망망대해에서 배를 만난 사람들처럼 반갑게 말이에요.

옮긴이의 글

나의 아버지는 나무를 사랑하신다.

특히나 느티나무를 가장 아끼시는데 그 자랑이 이만저만이 아니시다. 꼭 자식 궁둥이 두드리듯 나무둥치를 치며 자랑하실 때면 그분의 얼굴은 햇살처럼 환하다.

이 책을 번역하면서 나 또한 아버지나 웬델이 된 듯한 심정이었다. 어린 묘목이 잘 자라도록 흙을 북돋워 주고 물도 흠뻑 주며, 또 근심스럽게 바라보는 그런 심정 말이다. 한편으론 무척 즐거웠다. 한밤중에 혼자 앉아 버질이나 커티스의 이야기에 킬킬 웃기도 하고, 곤잘로의 이야기에 가슴 뜨거워지기도 했다.

그렇게 열세 가지의 이야기 속에 푹 빠져들면서 어느새

내 마음 한 귀퉁이에도 작은 텃밭이 만들어지는 느낌을 받았다.

 유난히 매서웠던 지난 추위도 물러가고 봄은 어김없이 우리 곁에 돌아왔다.

 이 책을 읽는 모든 독자들 가슴에도 따스한 봄바람과 함께 예쁜 텃밭이 하나씩 깃들이길 바래 본다.

이천 일년 봄
김희정

작은 씨앗을 심는 사람들

1판 1쇄 펴낸날 2001년 4월 20일
1판 22쇄 펴낸날 2021년 9월 6일

지은이 폴 플라이쉬만
옮긴이 김희정
펴낸이 정종호
펴낸곳 (주)청어람미디어

편집 박세희
마케팅 황효선
제작·관리 정수진

등록 1998년 12월 8일 제22-1469호
주소 03908 서울시 마포구 월드컵북로 375(상암동 이안상암1단지) 402호
이메일 chungaram@naver.com
전화 02)3143-4006~8
팩스 02)3143-4003

ISBN 89-950753-8-4 03840

잘못된 책은 서점에서 바꾸어 드립니다. 값은 뒤표지에 있습니다.